Harald Tondern

veröffentlichte schon als Schüler erste Texte. Während des Studiums in Hamburg, Göttingen und Paris begann er, Kriminalromane zu schreiben. Heute lebt er als freiberuflicher Schriftsteller in Hamburg und Nordfriesland. Von Harald Tondern und Frederik Hetmann sind ebenfalls bei rotfuchs erschienen «Die Nacht, die kein Ende nahm» (20747) und «Das Pferd ohne Reiter» (20834).

Harald Tondern

Wehe, du sagst was!
Die Mädchengang von St. Pauli

Rowohlt Taschenbuch Verlag

*Lehrermaterialien zu diesem Buch finden Sie unter
http://www.rowohlt.de/buecher/kinder-jugendbuch neben dem Titel.
Sie können als kostenloser Download heruntergeladen werden.*

7. Auflage April 2006

Originalausgabe
Veröffentlicht im Rowohlt Taschenbuch Verlag,
Reinbek bei Hamburg, April 2000
Copyright © 2000 by Rowohlt Taschenbuch Verlag GmbH,
Reinbek bei Hamburg
Lektorat Ralf Schweikart
Umschlaggestaltung Barbara Hanke
(Umschlagfoto: The Image Bank / Color Day Production)
Satz Minion PostScript (PageOne)
Gesamtherstellung Clausen & Bosse, Leck
Printed in Germany
ISBN 3 499 20995 0

Er betrachtete die Welt, sah eine endlose Menge von Dingen, Menschen und Situationen und begriff, dass man, schon allein um die Namen von alldem zu lernen – sämtliche Namen, einen nach dem anderen –, ein ganzes Leben brauchen würde. Ihm entging nicht, dass dahinter ein gewisser Widersinn steckte.

«Es gibt zu viel Welt», dachte er. Und suchte nach einer Lösung.

Alessandro Baricco in «Land aus Glas»

Für Anneliese, mit der alles begann

Die Mädchen waren auf Ärger aus. Zu viert schlenderten sie durch den Supermarkt, drückten hier ihren Daumen in einen Erdbeerjoghurt, stellten dort ein Honigglas zu den Senfgläsern und gackerten sich halb schief über ihre Gags.

eins

Manuel kannte die vier aus der Schule. Jeder kannte sie. Und nicht wenige gingen sicherheitshalber auf die andere Straßenseite, wenn sie die Gang rechtzeitig bemerkten.

Daniela war die Anführerin, nicht nur weil sie die Größte von ihnen war und die Attraktivste. Sie war auch die Stärkste, obwohl sie nicht unbedingt so aussah. Sie war eher schlank, jedenfalls im Vergleich zu Sonja, die dieser breite Knubbeltyp war, mit Armen wie ein Schwergewichtsboxer. Aber davon durfte man sich nicht täuschen lassen. Manuel hatte mal gesehen, wie Daniela Sonja in der Klasse beim Armdrücken besiegt hatte. Ganz schnell war das gegangen. Sie hatte Sonja kalt in die Augen gestarrt und ihren muskulösen Catcherarm dabei auf den Tisch hinuntergedrückt.

Daniela trug trotz der Hitze eine St.-Pauli-Jacke über dem T-Shirt, übergroß und schwarz, mit dem grinsenden weißen Totenkopf auf dem Rücken, und sie ging fast wie ein Junge. Ein bisschen breitbeinig, mit steifen Schultern.

Sie hatte sich sehr verändert seit dem Jahr, als Manuel ein paar Monate lang neben ihr gesessen hatte. Damals hatte er sich neben sie gesetzt, weil sie ein As in Mathe war und ihn bereitwillig abschreiben ließ. Mathe war seine schwache Seite. Quatsch, eine seiner schwachen Seiten, er hatte mehrere davon. Zu viele.

Nachdem die vier Mädchen hinter dem Regal mit Keksen und

Schokolade verschwunden waren und man sie nur noch gackern und prusten hörte, überflog Manuel noch einmal seinen Einkaufszettel. Der Klaue nach zu urteilen musste seine Oma wieder mal ziemlich besoffen gewesen sein, als sie das aufgeschrieben hatte. Außerdem war der Filzer an mehreren Stellen zu blauen Klecksen verlaufen. Manuel hielt sich den Zettel unter die Nase. Er roch nach Schnaps. Wahrscheinlich hatte seine Oma ihn auf der Theke geschrieben.
Aber das meiste hatte er jetzt. Nur zwei Sachen fehlten noch, und die konnte er beim besten Willen nicht entziffern. Während er mit seinem Wagen an der Kasse anstand, warf er noch einen letzten Blick auf den Zettel und plötzlich fiel es ihm wie Schuppen von den Augen. Das eine sollte nicht Rauk heißen, sondern Quark, und das andere offenbar Lindt, also Schokolade, Nougat, die mochte seine Oma am liebsten. Aber das stand da natürlich nicht. So was musste man wissen, wenn man für Icky einkaufte. Sonst konnte man es gleich bleiben lassen.
Manuel schob seinen Wagen an die Seite und zog nochmal los. Als er an dem Regal mit den Keksen vorbeikam, hörte er, wie Daniela und die anderen Mädchen an den Tischen mit den Sonderangeboten seltsam verzerrte Kreischtöne ausstießen. Hinten an den Kühlregalen sah er den Filialleiter mit blassem Gesicht um die Ecke linsen. Er hieß Bremke, war knapp dreißig und hatte Probleme mit seiner Haut. Wenn es im Laden drunter und drüber ging, leuchteten rote Flecken auf seinem Gesicht. Schiss hatte er anscheinend auch. Jedenfalls traute er sich nicht, die Mädchen aus seinem Supermarkt zu scheuchen. Vielleicht weil er allein war mit der Kassiererin. Die zweite kam erst gegen 16 Uhr, wenn der Feierabend-Ansturm einsetzte. Jetzt waren außer Manuel und den Mädchen nur einige Rentnerinnen im Laden.
Als Manuel mit dem Quark in der Hand auf die Süßigkeiten zu-

steuerte, war Bremke verschwunden. Die Mädchen hatten sich knallbunte Schnorchelbrillen und Strohhüte aufgesetzt und quatschten mit verstellten Stimmen die alten Damen an. Einige lachten, aber die meisten reagierten genervt.

Manuel machte einen kleinen Umweg durch die Waschmittel- und Tierfutterabteilung. Er hatte nicht die geringste Lust, mit der Gang zusammenzutreffen.

Er hatte Glück. Als er wieder bei seinem Wagen ankam, hatte sich die Schlange vor ihm aufgelöst und er konnte seine Waren gleich aufs Band legen.

«Hallo, Rita», grüßte er die vollbusige Frau mit der superblonden Marilyn-Perücke an der Kasse.

«Tag, Manuel.»

Das war einer der Gründe, weshalb Manuel einen großen Bogen um Danielas Gang gemacht hatte. Er kannte massenhaft Leute auf St. Pauli. Und viele kannten ihn. Spätestens am Abend würde sein Vater davon wissen, wenn er hier im Supermarkt in irgendwelche Schereien verwickelt wurde. So ist das nun mal, wenn die Eltern seit fünfzehn Jahren die größte Tankstelle des Viertels betreiben.

Normalerweise hatte Rita immer einen Schnack für Manuel auf Lager. «Na, Manuel, auch mal wieder billig einkaufen?» Oder: «Mann, wenn ich dran denk, was ich euch damals an Kohle in den Rachen geworfen hab, ich dumme Gans.»

Gewöhnlich hielt sie ihm dann ein Stück Käse oder was er sonst gerade aufs Band gelegt hatte, unter die Nase und sagte: «Bei euch hab ich damals mindestens das Doppelte bezahlt. Na, lange her.»

Aber so lange auch wieder nicht. Höchstens anderthalb Jahre. Damals hatte Rita mit derselben blonden Perücke noch in der Spätschicht in der Herbertstraße gesessen und auf dem Weg dahin zwei bis drei Fläschchen Sekt und Dosenfutter für ihren kleinen weißen Yorkshire Joko, der an einer rosa Leine hinter ihr hertippelte, in der Tankstelle gekauft.

Heute war Rita offenbar nicht nach Frotzeln zumute. Sie wirkte seltsam abgelenkt und linste ständig an Manuel vorbei, während sie die Waren vom Band am Scanner entlangzog. Bei der Nougatschokolade musste sie das zweimal wiederholen, weil sie den Strichcode in die falsche Richtung gehalten hatte.

Während Manuel zahlte, folgte er Ritas Blick.

Direkt hinter ihm hatte eine alte Frau in Hausschuhen ihren Wagen an die Kasse geschoben. Sie hatte nur eine Tüte Milch und eine Packung Knäcke aufs Band gelegt. Gleich hinter der Frau standen Daniela und ihre Gang. Die Mädchen schubsten sich gegenseitig, aber nur ganz leicht, nicht richtig.

Weiter hinten entdeckte Manuel Bremke, der sein Handy am Ohr hatte und sich die Hand vor den Mund hielt, während er auf jemanden einredete. Dabei sah der Supermarktleiter die ganze Zeit zur Kasse herüber.

Es lag eine merkwürdige Spannung im Raum.

Dicke Luft, dachte Manuel, während er seine Waren zurück in den Einkaufswagen legte.

Er schob den Wagen zum Packtisch hinüber und konzentrierte sich darauf, seinen Einkauf in den weißen Leinentaschen zu verstauen, die ihm seine Oma mitgegeben hatte. Er hasste die Dinger. Er fand es oberpeinlich, damit herumzulaufen. Aber das war eine der Macken von Icky. Jedes Mal Geld für Plastiktüten ausgeben? Kam überhaupt nicht in Frage. Dabei wäre das gar nicht ihre Kohle gewesen. Sie hatten eine Pauschale ausgemacht. Icky zahlte genau das, was sie im Laden um die Ecke berappen musste. Wenn Manuel die Sachen hier im Supermarkt billiger bekam, durfte er die Differenz behalten. Kein schlechtes Geschäft für ihn. Sogar ein

paar Plastiktüten wären da noch locker drin gewesen. Aber Icky war hart geblieben. Entweder die Leinentaschen oder gar nicht.
«Umweltschutz?», hatte Manuel gefragt.
«Quatsch.» Mehr hatte Icky nicht dazu gesagt.
Manuel verteilte die Sachen so auf die Taschen, dass er sie gut auf dem Fahrrad transportieren konnte. Zwei Taschen hinten in den Korb und eine leichtere für die linke Hand, dann hatte er die rechte frei zum Lenken und Schalten.
Ganz bewusst hatte er nicht mehr zu Ritas Kasse hinübergesehen. Er hatte nur gehört, wie eins der Mädchen, wahrscheinlich Pia, das andere Mädchen aus seiner Klasse, ziemlich patzig sagte: «Nichts gekauft.»
Erst als es plötzlich laut wurde an dem Kassendurchgang, schaute er wieder hin.
«Hilfe! Überfall!», schrie die alte Frau in den abgetragenen Hausschuhen. Sie war immer noch damit beschäftigt, mit steifen Fingern aus ihrem großen schwarzen Portemonnaie Münzen herauszukramen, und glaubte anscheinend, dass ihr jemand an ihre paar Kröten wollte.
Aber die Mädchen wollten nur freie Bahn haben. Sonja stieß die alte Frau mit ihrem Catcheroberarm an. Nicht um sie umzuwerfen, sondern damit die Frau den Gang freimachte. Aber die Alte war so ein Leichtgewicht, dass der Schubs genügte, um sie aus dem Gleichgewicht zu bringen. Sie stolperte, verlor dabei einen ihrer Pantoffeln, machte zwei hilflose Schritte rückwärts und wäre ganz sicher lang hingeschlagen, wenn Manuel nicht geistesgegenwärtig vorgesprungen wäre und sie aufgefangen hätte.
Die alte Frau strömte einen säuerlichen Geruch aus. Sie war wirklich klapprig dürr. Durch die Nylonjacke konnte er ihre Oberarmknochen fühlen.
«Weg da, Mensch!» Sonja drängelte sich mit ihrem mächtigen

Catcherleib an Manuel vorbei und stürmte auf die Glastüren am Ausgang zu.

Plötzlich stutzte sie. «Scheiße», sagte sie leise und blieb keuchend stehen.

Am Ausgang hatten sich zwei Männer aufgebaut. Beide sahen aus wie Bodybuilder. Sie schienen die Luft anzuhalten und ihre Muskeln spielen zu lassen. Ihre T-Shirts spannten sich über der Brust.

Manuel hatte die beiden Muskelmänner vorhin draußen am Lieferanteneingang gesehen. Sie hatten von der Hebebühne eines blauen Lastwagens neue Ware auf den Bürgersteig geschoben und waren Manuel wegen der bunten Köpfe auf ihren T-Shirts aufgefallen. Der eine trug ein Shirt mit einem orangefarbenen Ernie-Kopf, der andere eins mit einem gelben Bert-Kopf.

Der mit dem Ernie-Kopf steckte, während er auf Sonja zusteuerte, etwas in die kleine Ledertasche an seinem Gürtel. Zuerst dachte Manuel, es sei eine Pistole. Dann sah er, dass es ein Handy war.

Der Bremke hatte also über sein Handy einfach die beiden Lieferwagenfahrer von draußen herbeitelefoniert. Gar nicht so blöd, musste Manuel zugeben.

Als Nächste drängelte sich Pia an Manuel vorbei. Sie war die Kleinste der Gang, hatte aber schon ziemlich viel Busen, wie Manuel plötzlich wahrnahm, als sie sich für einen Moment gegen seinen Arm presste. Sie bewegte sich anders als Sonja, fraulicher.

Pia hatte nicht mitbekommen, dass ihr Fluchtweg versperrt war. Sie prallte mit voller Wucht gegen den Mann mit dem Bert-Kopf auf dem T-Shirt und gab einen kleinen Überraschungslaut von sich. Sie wollte sich an dem Lieferwagenfahrer vorbeischlängeln, aber der griff mit seiner großen Pranke so kräftig nach ihrem Arm, dass Pia aufschrie.

«Au! Lass mich los, du Arsch!»

Der Mann grinste und schob Pia ein Stück von sich weg, weil Pia nach ihm zu treten begann. Aber schließlich sah sie ein, sie hatte keine Chance. Sie ließ die Schultern sinken und ließ sich mit gesenktem Kopf zur Kasse zurückbringen.

«Würden die Damen bitte in mein Büro mitkommen?», sagte Herr Bremke seltsam gestelzt. Er war noch blasser als sonst, und seine Flecken schienen zu glühen.

Pia und Sonja, die immer noch von den beiden Lieferwagenfahrern festgehalten wurden, nickten ergeben.

«Wieso denn?», regte sich Aysche auf. Manuel hatte sie ein paar Mal im Jugendzentrum gesehen. «Nur weil wir nichts gekauft haben?»

Daniela sagte gar nichts. Ihr Gesicht war angespannt. Manuel sah, dass sie sich hastig umsah, als suche sie etwas. Aber sie wirkte kein bisschen in Panik.

Die alte Frau hatte sich inzwischen so weit gefasst, dass sie wieder allein stehen konnte. «Das war sehr nett von Ihnen, junger Mann, dass Sie mich aufgefangen haben», sagte sie mit ihrer singenden Stimme. «In meinem Alter bricht man sich nämlich leicht die Knochen.» Sie suchte etwas in ihrer Handtasche und wurde immer aufgeregter und hektischer. «Mein Portemonnaie ...»

«Hier, Frau Brammer», rief Rita von der Kasse. «Sie haben es hier bei mir liegen gelassen.»

Daniela redete inzwischen mit dem Filialleiter. «Klar», lenkte sie ein. «Klar, kommen wir mit in Ihr Büro. Warum nicht? Ich wollte so was schon immer mal sehen.»

Sie lächelte den Filialleiter freundlich an. Sie hatte ein gewinnendes Lächeln und sehr weiße Zähne. Mit der rechten Hand strich sie sich eine blonde Haarsträhne aus dem Gesicht und klemmte sie sich hinter das Ohr.

Manuel sah, wie sich hinter ihrem Rücken ihre andere Hand unter der übergroßen Pauli-Jacke bewegte. Der untere Rand einer Whiskyflasche tauchte unter dem Jackensaum auf. Daniela versuchte, die Flasche irgendwo loszuwerden.

«Wenn ich dann bitten darf», sagte der Filialleiter nervös.

«Einen Moment noch.» Während die alte Frau Brammer wieder in ihrem Portemonnaie herumsuchte, diesmal bei den Scheinen, sah Manuel, wie Daniela die Flasche diskret in den Warenfänger der unbesetzten Nachbarkasse gleiten lassen wollte. Nur zielte sie ein Stück daneben.

Gleich würde die Whiskyflasche auf dem Boden zerschellen.

Alle sahen die alte Frau Brammer an, die jetzt einen Zwanziger aus ihrem Portemonnaie zog. Niemand beachtete Manuel.

Er streckte langsam die Hand aus, nahm Daniela die Whiskyflasche ab und klemmte sie sich unter der Jacke unter den Arm.

Er wusste selbst nicht, warum er das machte.

«Der ist für Sie, junger Mann», sagte Frau Brammer.

Manuel merkte zuerst gar nicht, dass sie ihn meinte. Als er es dann kapierte, wollte er abwehrend beide Hände heben. Fast im selben Moment spürte er, wie die Flasche unter seinem linken Arm ins Rutschen kam. Schnell presste er sie wieder an sich.

«Nun nehmen Sie's schon», drängte Frau Brammer. «Sie haben es sich wirklich verdient.»

Manuel schüttelte verdattert den Kopf und wurde knallrot dabei, er wusste auch nicht, warum. Er konnte von der alten Frau doch kein Geld nehmen, die hatte doch selbst nicht viel.

Rita half ihm. «Nun lassen Sie mal stecken, Frau Brammer. Manuel hat das doch gern getan. Er ist ein guter Junge.»

Manuel merkte, dass er noch röter wurde. Sein Kopf glühte förmlich. Seine Beine fühlten sich an, als gehörten sie gar nicht zu ihm. Er stolperte zum Packtisch zurück. Er hätte die Flasche unauffällig in einen der drei Leinenbeutel schieben können. Aber er wollte sie

einfach nur los sein. So schnell wie möglich. Sein Blick fiel auf die Behälter, in die man überflüssige Verpackungen entsorgen konnte. Er ließ die Whiskyflasche hineingleiten.
Rrums!, machte es, als die Flasche unten aufkam. Der Kasten musste ganz leer gewesen sein.
Manuel sah sich erschrocken um.
Aber niemand schien etwas bemerkt zu haben. Herr Bremke und die beiden Lieferwagenfahrer führten Daniela und die anderen drei Mädchen zu seinem Büro. Herr Bremke ging mit wehendem weißem Kittel voran, die beiden Fahrer bildeten die Nachhut.
Daniela schien jetzt wieder obenauf zu sein. Sie hatte den Kopf hoch erhoben und griff sich im Vorbeigehen eine Olivenölflasche aus einem Regal. Sie hob die eckige Literflasche bis in Schulterhöhe und ließ sie fallen.
«Huch», rief sie herausfordernd. «Die muss aber ganz an der Kante gestanden haben.»
Die beiden Lieferwagenfahrer schüttelten die Köpfe. Breitbeinig stiegen sie über die sich schnell ausbreitende Öllache hinweg.
Manuel hatte Sorge, dass Daniela plötzlich rufen könnte, dass sie sich besser mal ihn vorknöpfen sollten. «Der klaut hier Whisky und uns führt ihr ab wie die Schwerverbrecher. Klar, immer gegen die Mädchen!» Das war so ein Spruch von ihr.
Aber nichts geschah.
Draußen klemmte Manuel sich den Zeigefinger in den Speichen, als er sein Fahrrad von der Kette befreite. So eilig hatte er es, wegzukommen vom Supermarkt und der Whiskyflasche.
Aber schon Minuten später, als er auf die Reeperbahn einbog, hatte er sich wieder entspannt. Wie er wohl darauf gekommen war, dass Daniela ihn auf so hinterhältige Weise reinreiten könnte? Daniela doch nicht. Damals, als er neben ihr gesessen hatte, hatte sie ihn einmal, zusammen mit zwei anderen Jungen, zu ihrem Ge-

burtstag eingeladen. Zehn war sie damals geworden. Manuel erinnerte sich noch gut daran, wie sie alle ziemlich gefrustet gewesen waren, weil sie fast den ganzen Nachmittag in der Wohnung hatten bleiben müssen. Daniela wollte auf keinen Fall den Geburtstagsanruf ihres Papas verpassen, der auf seinem Kahn irgendwo vor Südindien herumschipperte. Herr Sander war zu der Zeit Kapitän auf großer Fahrt gewesen, und Daniela hatte alle damit genervt, dass sie von seinen Abenteuern in Shanghai, Rio und sonst wo erzählte. Eines Tages würde er ihr einen richtigen Affen mitbringen, hatte er ihr versprochen.

Damals war sie noch Klassensprecherin gewesen.

Sie hatte sich sehr verändert seit damals.

Während Manuel die Lebensmittel in den Fahrstuhl trug und in den zwölften Stock hinauffuhr, überlegte er, wann das eigentlich passiert war. Er konnte sich an keinen konkreten Zeitpunkt erinnern. Wahrscheinlich war es nicht plötzlich geschehen, sondern nach und nach, sodass man es zuerst gar nicht gemerkt hatte.

‹E. Kornmüller› stand auf dem Messingschild neben der Klingel. E hieß Erika. Aber alle nannten Daniels Oma nur Icky. Manuel jetzt auch. Eine Weile hatte er versucht, Oma zu ihr zu sagen, so wie die Kinder es in den Büchern machten, die sie in der Grundschule gelesen hatten.

Seine Großmutter hatte jedes Mal geknurrt, wenn er Oma sagte. Eines Tages hatte sie gefragt: «Haben sie dir das in der Schule beigebracht?»

«Was?»

«Dass du Oma zu mir sagen sollst?»

Manuel hatte genickt. «Du bist doch meine Oma.»

Sie hatte ihm ein Blatt Papier hingelegt und ihm einen Kugelschreiber hingeworfen. «Mal mal eine.»

Manuel hatte sich große Mühe gegeben. Er konnte nicht beson-

ders gut malen, aber er hatte versucht, die Oma sehr, sehr nett aussehen zu lassen. Sie lächelte lieb, und er hatte ihr sogar einen Dutt und eine Brille mit runden Gläsern aufgesetzt.
Icky hatte empört geschnaubt. «Seh ich etwa so aus?»
Manuel hatte sie angeschaut. An dem Tag, daran erinnerte er sich noch genau, hatte sie ihren Bubikopf gerade orange färben lassen, und ihr Gesicht war so bunt geschminkt wie eine Litfaßsäule. Dazu trug sie ein tief ausgeschnittenes blaues Spitzenkleid.
«Nee», hatte Manuel zugeben müssen.
«Na, also. Dann nenn mich nie wieder Oma. Und glaub nicht alles, was sie dir in der Schule beibringen.»
Manuel verstaute den Einkauf im Kühlschrank und in der Speisekammer. Danach ging er ins Wohnzimmer und schaute sich Andy an. Andy Dunn war sein Großvater, und Manuel kannte ihn nur von den Fotos, die an der rosa Tapete gegenüber dem Sofa hingen. Die meisten waren Schwarzweißaufnahmen. Das lag daran, hatte ihm Icky einmal erklärt, dass die Fotos schon ziemlich alt waren, dreißig bis vierzig Jahre ungefähr. Damals seien Farbfilme noch so teuer gewesen, dass sie kaum einer bezahlen konnte. Selbst in den Zeitungen und Zeitschriften habe es fast gar keine Farbfotos gegeben.
Die meisten Fotos an Ickys rosa Wand waren nämlich Pressefotos von Berufsfotografen. Auf einige hatten die Fotografen «Für Icky» geschrieben und darunter ihre unleserliche Unterschrift.
Auf einem der Fotos stand Andy Dunn mit seiner Gitarre auf der Bühne und sang. Im Hintergrund sah man den Schriftzug «Star-Club», und direkt an der Bühne drängelte sich das Publikum. Andy Dunn hatte einen Anzug an, und auch die jungen Männer unten trugen Jacketts und Krawatten. Die Mädchen sahen seltsam fein gemacht aus, als kämen sie direkt von ihrer Konfirmation.
«Andy Dunn war ein richtiger Star», hatte Icky einmal gesagt.

«Einer der ganz Großen damals, als es in der Großen Freiheit noch den ‹Star-Club› gab.»

Ja, toll, hatte Manuel gedacht. Auf St. Pauli liefen massenhaft Typen herum, die irgendwann mal ein Mikro in der Hand gehalten hatten und sich seitdem wie Superstars aufführten. Komischerweise waren das oft dieselben Leute, die an der Tankstelle mit den verbeulten Rostlauben vorfuhren und für einen Zwanni tankten.

Aber es gab da noch ein anderes Schwarzweißfoto an Ickys Wand. Es zeigte vier junge Männer mit Gitarren auf der Bühne. Im Hintergrund saß noch ein fünfter an einem Klavier, mit dem Rücken zum Fotografen. Irgendetwas an dem Bild faszinierte Manuel so sehr, dass er es sich immer wieder ansehen musste.

Eines Tages hatte Icky mit dem Finger auf den Mann neben Andy getippt. «Den kennst du, oder?»

Manuel war das Gesicht tatsächlich seltsam vertraut vorgekommen.

«Das ist John», sagte Icky. «John Lennon.»

Manuel hatte geschluckt. «Der von den Beatles? Der in New York ermordet worden ist?»

«Ja, schlimme Geschichte.» Icky hatte auf den Mann links neben John Lennon gezeigt. «Das ist George Harrison. Der Junge neben George ist Stu Sutcliffe, den kennst du wahrscheinlich nicht. Er ist damals gestorben. Aber den am Klavier, den kennst du bestimmt auch. Das ist Paul McCartney.»

Das hatte Manuel wirklich beeindruckt. Sein Großvater Andy Dunn hatte zusammen mit den Beatles gespielt.

«Nee, andersrum wird 'n Schuh draus», hatte Icky richtig gestellt. «Die Beatles sind zusammen mit Andy Dunn aufgetreten. Andy war damals viel berühmter als die Beatles.» Darauf legte sie Wert.

Überhaupt konnte sie in manchen Dingen schrecklich pingelig sein. Zum Beispiel, was die Farbfotos anging, die weiter links an der rosa Wand hingen und bei denen Manuel sich immer ein wenig genierte, wenn er sie anschaute.

«Kannst du die nicht endlich mal verschwinden lassen?», hatte er seine Mutter schon Dutzende Male fragen hören. «Das muss doch nicht sein. Was soll der Junge denn denken?»

Das war eine gute Frage, fand Manuel. Er wusste nämlich immer noch nicht, was er über die Farbfotos denken sollte, obgleich er sie jetzt schon seit vielen Jahren kannte.

Zuerst, als er noch kleiner war, hatte er sich überhaupt nichts bei den Hochglanzfotos gedacht. Er hatte sich nur darüber gewundert, dass sie in allen vier Ecken lauter winzige Löcher hatten, als ob sie etliche Male irgendwo angepinnt gewesen wären. Dann, als er schon älter war, hatte er ähnliche Fotos in den Schaukästen der Striplokale in der Großen Freiheit entdeckt.

Danach hatte er sich die Fotos bei Icky noch einmal genauer angeschaut, und er hatte herausgefunden, dass es sich immer um dieselbe Frau handelte. Der Unterschied war nur, dass sie ganz verschieden geschminkt war und immer andere Perücken aufhatte. Es war ihm wie mit dem Bild von Andy Dunn und den Beatles gegangen. Die Frau, die auf den meisten Fotos fast überhaupt nichts anhatte, war ihm seltsam vertraut vorgekommen. Eines Tages hatte er Icky danach gefragt.

«Mann, hast du denn keine Augen im Kopf, Junge?», hatte sie geantwortet. «Das bin ich.»

Manuel hatte schnell weggeschaut von den Fotos.

«Kannst ruhig hingucken», hatte Icky gesagt. «Ich war damals Tänzerin in der Großen Freiheit. Und ich steh dazu. Sind doch hübsch, die Bilder. Oder gefall ich dir etwa nicht darauf?»

Icky war sogar sehr hübsch auf den Fotos, das musste Manuel zugeben. Besonders auf dem einen, auf dem sie mit einer blauen Federboa zu sehen war, die halb ihre nackten Brüste verdeckte. Es war dasselbe Foto, das als Poster in dem Glaskasten vor Ickys Kneipe hing.

Manuel überlegte, ob er noch mal schnell in der Kneipe vorbeifahren sollte. Er hatte Lust, mit Icky zu reden. Aber sein Handy fiepte.

Sein Vater war dran. «Na, du Held», sagte er. «Das hast du ja prima hinbekommen.»

Manuel hatte keine Ahnung, wovon sein Vater überhaupt redete. Dann begriff er. Die Buschtrommeln auf St. Pauli gingen eben schneller als in den anderen Hamburger Stadtteilen.

«Find ich übrigens toll, dass du von der alten Frau Brammer kein Geld angenommen hast», sagte sein Vater. Dann kam er zur Sache. «Kannst du mal wieder aushelfen? Der Porsche von Albaner-Jack. Gründliche Innenreinigung.»

«Ist Elif denn nicht da?»

«Doch, aber allein schafft sie das nicht. Ich weiß auch nicht, warum heute so 'n Hochbetrieb ist.»

«Mitreisende gesucht, jede Blutgruppe willkommen!», stand auf dem mit roten Blutspritzern übersäten Schild neben dem Kassenhäuschen der Geisterbahn.

«Da gehen wir rein», sagte Daniela.

zwei

Nach dem zermürbenden Zwischenfall im Supermarkt musste sie ihre Gang wieder in Stimmung bringen. Pia, Aysche und Sonja wirkten verunsichert und frustriert.

Im Büro des Filialleiters hatten sie lange Zeit geglaubt, sie wären dieses Mal aufgeflogen mit ihrem Diebstahl.

Daniela hatte ganz cool reagiert, als Bremke nach dem Telefonhörer gegriffen hatte, um die Polizei zu rufen.

«Das kann aber ganz schön peinlich für Sie werden», hatte Daniela gesagt und den Bremke zuckersüß angelächelt.

«Wieso?» Der Bremke hatte irritiert mit Wählen aufgehört.

«Weil wir sauber sind. Das wird Ihnen die Polizei gleich bestätigen.» Daniela hatte sich vorgebeugt und auf das Namensschild am Kittel des Filialleiters gestarrt. «Kann ich vorher mal kurz meinen Vater anrufen, Herr Bremke? Er und sein Anwalt sind sicher gern dabei, wenn die Polizei feststellt, dass sie uns ohne jeden Grund vor allen Leuten von ihren beiden Gorillas durch den Laden haben abführen lassen. Wie Schwerverbrecherinnen.»

Der Bremke war noch unsicherer geworden. Er hatte den Hörer wieder aufgelegt und überlegte fieberhaft. Er stotterte, als er ihnen einen Vorschlag machte: «Dann müssen wir Sie durchsuchen.»

«Ich lass mich von Ihnen doch nicht auch noch befummeln!»

«Nein, nein.» Der Filialleiter war wieder knallrot geworden. «So war das doch nicht gemeint. Die Kassiererin kann das machen.»

Daniela hatte die Achseln gezuckt. «Nichts dagegen.»

Es hatte eine ganze Weile gedauert, bis Rita endlich ins Büro gekommen war. Da sie die Einzige an der Kasse war, hatte sie erst eine Ersatzkraft herbeitelefonieren müssen.

«Sonst hätten wir den Laden vorübergehend dichtmachen müssen», sagte sie, als sie ins Büro trat. Dann hatte sie den Bremke rausschicken wollen.
Aber Daniela protestierte. «Von mir aus kann er hier bleiben.» Sie hatte den Filialleiter wieder zuckersüß angelächelt. «Dann sieht er mit eigenen Augen, dass wir sauber sind.»
Pia war da nicht ganz so sicher gewesen.
Mit angehaltenem Atem hatte sie zugesehen, wie Rita zuerst Aysche und dann Sonja durchsucht hatte. Dann war sie selbst an der Reihe gewesen. Aber sie wusste ja, dass sie nichts geklaut hatte.
Schließlich hatte sich Daniela mit ausgebreiteten Armen vor Rita aufgebaut. «Jetzt ich. Aber seien Sie vorsichtig, ich bin kitzelig.»
Pia hatte weiche Knie bekommen.
Gleich würde die Kassiererin die Whiskyflasche finden. Und dann? Natürlich würde der Bremke die Polizei rufen. Nach dem Theater, das Daniela veranstaltet hatte.
«Nichts», hatte Rita gesagt.
Pia hatte große Augen gemacht. Wie hatte Daniela das denn wieder hingedreht? Pia hatte doch genau gesehen, wie Daniela die Whiskyflasche unter ihrer Jacke hatte verschwinden lassen.
Natürlich hatte der Bremke sich tausendmal entschuldigt bei ihnen. Und dann hatte Pia einen Schreck bekommen. Der Filialleiter hatte angeboten, einen Brief an ihre Eltern zu schreiben und eine Art Ehrenerklärung für die Mädchen abzugeben.
«Geschenkt», hatte Daniela zu Pias Erleichterung großmütig gesagt.
Der Bremke hatte sie dann durch den Hinterausgang rausgelassen. Kichernd und frotzelnd waren sie betont lässig bis zur nächsten Ecke geschlendert. Dann waren sie wie auf Kommando alle vier plötzlich losgerannt.

Irgendwann waren sie am Heiligengeistfeld gelandet.
Daniela war stehen geblieben.
Die anderen hatten sie umringt. «Wie hast du das denn gemacht?», wollten sie wissen. «Erzähl doch mal.» Keine hatte gesehen, wie sie die Whiskyflasche wieder losgeworden war.
Daniela hatte gegrinst und gesagt: «Geheimnis.»
Natürlich hatten sie sie weiter gelöchert. Aber Daniela war stur geblieben. Mit keinem Wort hatte sie verraten, wie sie das mit der Whiskyflasche gemacht hatte.
Schließlich war Sonja eingeschnappt. «Dann geh ich jetzt nach Hause.»
«Quatsch!» Daniela hatte sich bei ihr eingehakt. «Jetzt ziehen wir über den Dom. Da soll's diesen Sommer wieder die Alpinabahn geben.»
Aber dann waren sie an der Geisterbahn vorbeigekommen.
«Da gehen wir jetzt rein», sagte Daniela wieder.
Sonja war immer noch ein bisschen eingeschnappt. «Ohne mich», sagte sie. «Ich bin pleite.»
Daniela nahm wieder Sonjas Arm und zog sie zum Kassenhäuschen. «Ich lad euch ein.» Sie holte einen Zwanziger aus ihrer Jackentasche.
Daniela und Sonja stiegen zusammen in einen Wagen. Pia und Aysche nahmen den nächsten.
Das Fahrzeug rumpelte durch einen schwarzen Vorhang. Irgendetwas Weiches fuhr Pia über das Gesicht. Im selben Moment hörte sie neben sich Aysche aufschreien. Sie spürte, wie Aysche sich krampfhaft am Haltebügel festklammerte.
Es ging einen steilen schwarzen Tunnel hinunter. Dann stürzten von allen Seiten weiß leuchtende Skelette auf sie ein. Hohles Gelächter klang aus den Lautsprechern.
Pia stimmte in Aysches Schreien ein. Sie schrie aus vollem Halse.

Es tat gut, so zu schreien. Sie merkte, wie sie sich dabei zu entspannen begann.
Vorhin im Büro des Supermarktleiters hatte sie eine Wahnsinnsangst gehabt, die ihr immer noch in den Knochen steckte.
Es war nicht das erste Mal gewesen, dass sie klauten. Aber bis heute waren sie nie erwischt worden. Pia hatte schon geglaubt, dass das immer so bleiben würde.
Und dann hatte dieser Bremke den Telefonhörer abgenommen, um bei der Polizei anzurufen.
Pia hatte im selben Moment ihre Mutter vor sich gesehen, wie sie von der Arbeit kam. Und auf dem Anrufbeantworter wartete die Stimme eines Polizisten, die sie aufforderte, ihre Tochter Pia auf der Wache abzuholen.
Diese Vorstellung hatte Pia so erschreckt, dass sie den Rest der Ereignisse in dem kahlen Büro gar nicht mehr richtig mitbekommen hatte. Sie wusste nur noch, wie grenzenlos erleichtert sie gewesen war, als der Bremke sich plötzlich entschuldigt hatte.
Sie hatte immer noch keine Ahnung, was sie getan hätte, wenn wirklich die Polizei gekommen wäre.
Ihre Mutter ahnte nicht einmal, dass sie einer Mädchengang angehörte. Dort, wo sie herkamen, aus einer kleinen Stadt fast an der dänischen Grenze, hatte es so was nicht gegeben. Und wenn, dann hätte Pia ganz sicher nicht mitgemacht.
Aber hier in der Großstadt war vieles anders. Pia war froh gewesen, dass sich überhaupt jemand für sie interessiert hatte. Sie kannte ja niemanden in Hamburg. Deshalb hatte sie Danielas Einladung, nachmittags doch mal im Jugendzentrum vorbeizuschauen, mit Freuden angenommen. Sie hatte sich sogar geehrt gefühlt, dass jemand wie Daniela sie überhaupt wahrnahm. Und sie hatte gemerkt, dass die anderen in der Klasse ihr auf ein Mal mit mehr Respekt begegneten.

Aber mit der Polizei wollte sie nichts zu tun haben. Das konnte sie ihrer Mutter nicht antun. Sie hatte es auch so schon schwer genug seit der Scheidung.

Es war wunderbar, das alles hinauszuschreien in der Geisterbahn. Pia schlang beide Arme um Aysche und drückte sich an sie.

Als ihr Wagen am Ende der Geisterbahn plötzlich wieder ins Tageslicht hinausrumpelte, sah Pia, dass Daniela und Sonja schon ausgestiegen waren. Steifbeinig und mit übertrieben entsetzten Gesichtern wankten die beiden auf Pia und Aysche zu.

Zu viert stiegen sie mit heftig schlotternden Gliedern die Stufen hinunter und taten so, als seien sie noch völlig fertig von der Horrorshow.

Einige Leute lachten.

«Los, da gehen wir gleich noch mal rein», sagte Sonja.

«Klar», sagte Daniela. «Und wer bezahlt?»

Aber sie hatten alle kein Geld mehr.

«Ohne Kohle macht Dom keinen Spaß», maulte Sonja.

Aber Aysche schnupperte aufgeregt. «Ich will wenigstens noch zu den Ponys.»

«Was für Ponys denn?»

«Das riecht doch 'n Blinder.» Daniela rammte Sonja ihren Ellbogen in die Seite. «Irgendwo müssen hier Pferde sein.»

Sie folgten dem strengen Geruch nach Pferdemist und landeten vor einem großen Zelt, in dem sechs oder sieben Ponys auf einer Streu aus Sägespänen im Kreis trotteten. Jedes Tier ging so dicht hinter dem vorangehenden, dass es mit seinen Nüstern dessen Schenkel berührte.

«Ey, wen haben wir denn da?», rief Daniela auf einmal. «He, Samantha! Ist das dein kleiner Bruder?»

Das Mädchen, das neben dem Pony ganz am Schluss ging und den kleinen Jungen auf dem Pferderücken festhielt, sah herüber.

Daniela winkte aufgeregt. «Hier! Hier sind wir, Samantha.»
Samantha sah kein bisschen erfreut aus, als sie die Gang entdeckte. Zögernd hob sie den Arm und winkte zurück.
Die Ponys blieben stehen, und Samantha wollte ihren Bruder herunterheben. Aber der klammerte sich mit beiden Händen in der hellbraunen Mähne fest. «Nein, nochmal!»
Samantha blieb gar nichts anderes übrig, als zur Kasse zu laufen und noch ein Ticket zu lösen.
Dort wartete Daniela schon auf sie und fischte ihr den Zwanziger aus der Hand, den sie aus ihrer Hosentasche gezogen hatte.
«Aber das ist mein Geld!» Samantha sah aus, als wollte sie sich auf Daniela stürzen. Doch sie überlegte es sich noch rechtzeitig. Sie hatte die drei anderen bemerkt. «Mein Bruder will noch eine Runde reiten.»
Daniela lächelte zuckersüß. «Kann er doch auch», sagte sie freundlich. «Ich kauf ihm ein Ticket. Lauf schnell zu ihm zurück. Sonst fällt er noch runter von seinem Gaul.»
Samantha starrte sie an, als wollte sie etwas erwidern. Dann machte sie kehrt und lief zu dem hellbraunen Pony zurück, das sich gerade wieder in Bewegung setzte.

drei

Um ein Haar wäre Manuel wegen der Sache im Supermarkt sogar noch ins Wochenblatt gekommen. Manuel hatte den schwarzen Porsche von Albaner-Jack gerade von der Staubsaugersäule auf die betonierte Fläche neben der Einfahrt zur Waschstraße gefahren.

Er kniete auf der engen Rückbank des Porsche und rieb mit verrenktem Arm die gewölbte Heckscheibe mit dem Ledertuch trocken, als hinter der Scheibe der ballrunde, bis auf den buschigen schwarzen Schnurrbart und die wuchernden Augenbrauen absolut haarlose Kopf von Heinrich Henner auftauchte, dem rasenden Reporter des St.-Pauli-Wochenblatts. Henner brachte seine Kamera in Daniels Blickfeld und rief ein Wort, das Manuel nicht verstand.

«Wie, bitte?» Manuel hielt sich die Hand ans Ohr.

«Fototermin!», brüllte Pauli-Henner.

Manuel zuckte erschrocken zusammen und prallte mit dem Hinterkopf gegen das Dach des Porsche. Er ahnte schon, was sein Vater wieder mal eingefädelt hatte, und er war sich ganz und gar nicht sicher, ob ihm das gefiel.

Als Manuel rückwärts aus dem Porsche geklettert war, sah er, dass Henner in der anderen Hand einen der Blumensträuße aus dem Eimer neben dem Tankstellen-Eingang hielt, einen der großen, teuren Sträuße.

«Hab beim Tanken gerade von deiner Heldentat gehört», sagte der Reporter. «Da mach ich was draus. Ist gut fürs Geschäft, meint dein Vater. Ein Foto von dir vor der Tankstelle und eins, wie du der alten Frau Brammer als kleinen Trost nach dem Schreck diesen Blumenstrauß überreichst. Vielleicht können wir die Alte ja bequatschen und sie kommt nochmal mit in den Supermarkt.»

Manuel dachte an die Flasche Whisky im Papiercontainer des Supermarkts. Bestimmt hatten sie die inzwischen gefunden. Merkt man doch, wenn in so einem Sack eine volle Whiskypulle steckt. Die Whiskyflasche war das Beweismaterial gegen Daniela. Sie brauchten nur die Fingerabdrücke von der Flasche abzunehmen. Und wessen Abdrücke würden sie noch finden? Seine natürlich.

«Du bist ja ganz blass geworden, Junge. Fotoscheu?»

Um keinen Preis der Welt wollte Manuel diese Supermarkt-Sache auch noch unnötig hochjubeln. Aber so einfach würde er da nicht rauskommen. Er hatte zwei mächtige Gegenspieler, seinen Vater und Pauli-Henner.

Wenn sein Vater meinte, etwas sei gut fürs Geschäft, dann wurde das auch gemacht. Und Henner ließ sowieso nichts aus, woraus er 'ne Story basteln konnte. War schließlich sein Job jetzt. Hätte er sich bestimmt auch nicht träumen lassen, dass er mal so sein Geld verdienen würde. Icky hatte Manuel erzählt, dass Henner einst als Vertragsamateur bei St. Pauli gespielt hatte. Eine Woche bevor er einen regulären Linzenzspieler-Vertrag bekommen sollte, hatte er sich beim Training einen komplizierten Wadenbeinbruch zugezogen, und das war's dann für ihn. Aber der Verein hatte ihn nicht hängen lassen. Zuerst hatten sie ihn zum Jugendtrainer gemacht. Damals hatte er sich wohl diese dröhnende Stimme angewöhnt, die über den ganzen Platz trug. Dann war er freier Mitarbeiter bei der Vereinszeitung geworden und schrieb nebenher fürs Wochenblatt.

Klar, dass Henner nicht so einfach auf die hübsche Story von dem jugendlichen Retter verzichten würde, der großmütig den Zwanni einer armen Rentnerin zurückwies.

«Fehlt dir was, Manuel?» Henner klang jetzt wirklich besorgt.

Manuel nahm den Pass dankbar auf. Er ließ das Ledertuch fallen, hielt sich die Hand vor den Mund, würgte lautstark und rannte aufs Klo.

Manuel war kurz vor Frau Dr. Röggelein noch in die Klasse gewitscht. Während er seinen Rucksack unter den Tisch stellte, drehte er sich schon zu Daniela um. Früher hatte sie immer ganz vorn gesessen, in unmittelbarer Nähe des Lehrertisches. Mit der Zeit war sie dann immer weiter nach hinten gerutscht. Jetzt hatte sie ihren Platz zwischen Pia und Sonja, so weit wie möglich von der Tafel entfernt.
Danielas Stuhl war leer heute Morgen. Pia hatte sich über ihr Heft gebeugt und schrieb eifrig. Sonja saß mit aufgestützten Ellbogen da und wirkte mürrisch.
«Sag ich doch», murrte Sonja plötzlich so laut, dass man es im ganzen Klassenraum verstehen konnte. «Die kommt heute nicht.»
Sie schob ihr Heft auf Danielas Platz und rutschte umständlich auf den Stuhl neben Pia. Pia hörte zu schreiben auf. Sie sah auf einmal genervt aus, fand Manuel.
«Guten Morgen.» Frau Dr. Röggelein stellte ihre silberne Umhängetasche auf den Tisch und blickte sich lächelnd um. «Alle ausgeschlafen?»
«Ich bestimmt nicht», murrte Sonja.
Frau Dr. Röggelein war fast genauso alt wie Manuels Oma. Aber sie hatte sich garantiert noch nie die Haare gefärbt. Sie ließ die grauen Strähnen einfach, wie sie waren.
Frau Dr. Röggelein hatte den dunkelgrauen XXL-Anzug an, den sie in London bei Harrods gekauft hatte. In der Abteilung Fifty Plus, hatte sie der Klasse grinsend erzählt. Das war vor einem Jahr gewesen. Damals war Frau Dr. Röggelein immer dicker geworden. Sie hatte resigniert gewirkt. Aber dann hatte sie plötzlich ihren alten Schwung wieder gefunden, war innerhalb weniger Wochen wieder schlank und beweglich geworden.
«Sie sind doch nicht etwa krank?», hatte Samantha sie eines Tages mitten im Unterricht gefragt.

Frau Dr. Röggelein hatte gelacht. «Nein, nein, im Gegenteil. Ich hatte mich nur total an die Wand gefahren. Ich hab alles in mich reingefressen, glaub ich. 82 Kilo! Mir passte keine einzige Hose mehr.»

«Und jetzt machen sie eine Diät? Toll!»

«Nee, ich entschlacke», hatte Frau Dr. Röggelein geantwortet. Zwei Wochen lang war sie mit einer in ein weißes Handtuch eingewickelten Thermoskanne herumgelaufen und hatte pünktlich alle 30 Minuten ein paar Schluck heißes Wasser getrunken. Sogar während der Stunde hatte sie das gemacht und keinem war was aufgefallen. Dass sie keine Abmagerungskur machte, sondern entschlackte, das war ihr wichtig. Sie war bei einem Ayurveda-Arzt in Behandlung. Ayurveda sei eine uralte indische Heilkunst, hatte Frau Dr. Röggelein ihnen erzählt. Ayurveda bedeute übersetzt das Wissen vom Leben oder auch die Wissenschaft vom langen Leben. Die ersten schriftlichen Überlieferungen über dieses ganzheitliche Heilsystem seien etwa 2700 Jahre alt.

Frau Dr. Röggelein hatte ihnen Bücher mitgebracht, in denen sie über Ayurveda gelesen hatten. Diese Heilkunst ist einst in Nordindien, im Himalayagebiet, entstanden. 50 weise Seher, so genannte Maharishis, hatten sich ins Gebirge zurückgezogen und waren in tiefer Meditation der Frage nachgegangen, wie eine krankheitsfreie Gesellschaft zu schaffen sei. Sie hatten Empfehlungen und Ratschläge gefunden, die dem Menschen ein gesundes und glückliches Leben bis ins hohe Alter ermöglichen sollten.

In der Klasse hatten sie sich sehr ernsthaft mit diesem Thema auseinander gesetzt. Bis Murat in einem der Bücher die Beschreibung der Panchakarma-Kur gefunden hatte, einer Reinigungs- und Entschlackungskur, bei der man splitternackt tagelang in Öl gewälzt und massiert wird. Sie verpassen einem dabei sogar warme Öleinläufe.

«Aber das haben Sie doch nicht gemacht?», hatte Murat grinsend gefragt.
«Doch, natürlich.» Frau Dr. Röggelein hatte gelacht. «Das gehört nun mal dazu.»
Alle hatten sie ungläubig angestarrt. Sie hatte sich Öl in den Hintern laufen lassen! Manuel wusste noch, dass er den Atem angehalten hatte. Er war ganz sicher gewesen, dass Murat oder einer der anderen gleich losbrüllen würde: «Echt? Warmes Öl in den Arsch?» Und dann würde das Gejohle losgehen. Sie würden sich ausmalen, wie das überhaupt funktionierte und wie es dann weiterging. Sie würden Geräusche nachmachen und sich ausschütten vor Lachen.
Aber nichts in dieser Art war passiert. Alle hatten Frau Dr. Röggelein mit großen Augen angesehen und auf ihren Gesichtern hatte sich wachsender Respekt abgezeichnet. Keiner hatte auch nur eine einzige alberne Bemerkung gemacht. Schließlich hatte Samantha gefragt, ob sie eins der Bücher mal für ihre Mutter ausleihen könne, die sei gerade mal wieder total abgestürzt.
Frau Dr. Röggelein hatte inzwischen 19 Kilo abgenommen. «Jetzt reicht's», hatte sie vor einigen Wochen erklärt. «Jetzt muss ich sehen, dass ich dieses Gewicht halte.»
«Toll sehen Sie jedenfalls aus», hatte Murat gerufen. «Super!»
Alle hatten Beifall geklatscht.

Für heute hatten sie die Aufgabe gehabt, eine Ballade zu lesen. Den «Erlkönig» von Goethe.
«Ich hatte euch gebeten, die Ballade zwei- oder dreimal zu lesen, wenn's geht, auch laut, und euch ein paar Notizen zu dem Gedicht zu machen», sagte Frau Dr. Röggelein.
Mist, dachte Manuel. Vergessen.
«Worum geht es denn da eigentlich? Na, wer möchte vorlesen?»

Frau Dr. Röggelein sah die Schülerinnen und Schüler der 8. Klasse der Reihe nach an. «Keiner?»

Pia hob zögernd die Hand. Das also hatte sie gerade geschrieben. «Ich weiß aber gar nicht, ob ich überhaupt was verstanden hab», sagte sie, nachdem sie die Ballade mit immer festerer Stimme vorgelesen hatte. «Ich hab auch keinen richtigen Text aufgeschrieben, nur ein paar Stichworte. Also, da reitet ein Vater mit seinem Kind durch die Nacht und der Knabe hat irgendwie Angst. Er sieht den Erlkönig. Aber der Vater sagt, da ist gar nichts. Alles paletti. Kannst ganz ruhig sein.» Pia war jetzt verunsichert, weil einige kicherten. Sie redete weiter, kürzte aber offenbar ab. «Am Schluss ist das Kind dann aber tot. Ich weiß auch nicht» – Pia zögerte wieder –, «irgendwie hat mich das an St. Pauli erinnert.»

Samantha, die ganz vorn neben dem Lehrertisch saß, prustete los. Die anderen fielen ein. Pia saß total verwirrt da und lief rot an. Sonja stieß ihr den Ellbogen in die Seite. «Geil! Der reitet auf seinem Gaul die Reeperbahn runter...»

«Oder durch die Herbertstraße.»

«Und sein Knabe geilt sich an den Weibern auf.»

«Geht doch gar nicht. Da kannst du nicht durchreiten. Da sind doch die Tore davor. Da kommst du kaum mit dem Fahrrad rein.»

Frau Dr. Röggelein hatte sich auf ihren Tisch gesetzt und wartete. Das war auch etwas, das Manuel an ihr aufgefallen war. Andere Lehrer standen auf, wenn es laut wurde in der Klasse. Sie setzte sich hin. Nicht immer, aber manchmal. Manuel sah, wie sie sich gelassen zurücklehnte und einfach nur beobachtete, was in der Klasse passierte. Nach und nach wurde es ruhig. Nur Sonja musste nochmal nachlegen. Sie stieß Pia noch einmal an. «Also, du redest wieder einen Scheiß heute.»

Pia hielt sich die Seite und schwieg.

«Finde ich überhaupt nicht, dass Pia Scheiß geredet hat», sagte

Frau Dr. Röggelein in die Stille hinein. «Ganz im Gegenteil. Ich habe ein bisschen nachgedacht, während ihr euch, na ja, unterhalten habt. Ich finde, Pia, dass du den ‹Erlkönig› sehr gut verstanden hast. Das merkt man übrigens schon an eurer heftigen Reaktion. Pia ist es gelungen, diese Ballade so zu interpretieren, dass sie euch packt. Wetten, dass es eben das erste Mal in eurem Leben war, dass ihr euch so über ein Gedicht erregt habt?»
«Echt?» Samantha sah Frau Dr. Röggelein mit ihren großen blauen Augen ungläubig an. «Meinen Sie das wirklich? Dass dieser Goethe über St. Pauli geschrieben hat?»
Frau Dr. Röggelein hob in einer ironisch-hilflosen Geste die Hände. «Über St. Pauli natürlich nicht. Aber über das Bedrohliche in der Welt, das viele damals in der aufkommenden Triebfreiheit, im Sexuellen sahen. Der nüchterne Vater leugnet die Verführung durch die magischen Naturmächte. Das Kind muss sterben, weil es die dämonischen Liebeseinflüsterungen für real hält.»
Manuel meldete sich. Er hatte vorhin, als Pia die Ballade vorlas, an seinen Vater denken müssen. Der war auch immer so nüchtern. Für alles hatte er eine Erklärung. Manuel erzählte, dass er sich manchmal über seinen Vater ärgerte, wenn der zum Beispiel über Drogenabhängige redete.
«Was sagt er denn, Manuel?», wollte Frau Dr. Röggelein wissen.
«Na ja, irgendwie tut er immer so, als ob die Junkies alle selbst Schuld hätten. Dass die nur einfach damit aufzuhören brauchten, sich einen Schuss zu setzen.»
Immer mehr Mädchen und Jungen beteiligten sich an dem Gespräch. Gegen Ende der Stunde holte Frau Dr. Röggelein schließlich eine CD aus ihrer silbernen Tasche. Sie hielt das Booklet hoch, auf der eine schwarze Frau abgebildet war. «Das ist Jessye Norman», sagte sie. «Hört euch mal ihre Interpretation des ‹Erlkönigs› an.»
Gleich darauf wurde es mucksmäuschenstill. Die Stimme der Sän-

gerin schien den Klassenraum bis in den letzten Winkel auszufüllen. Alle saßen wie gebannt da. Manuel spürte, wie es ihm kalt den Rücken hinunterlief. Plötzlich schien der Erlkönig im Zimmer zu sein. Er duckte sich unwillkürlich, um der Hand auszuweichen, die nach ihm griff. Den anderen schien es ähnlich zu gehen.
«Wow!», sagte Katharina, als der letzte Ton verklungen war.
Manuel hätte das Lied gern noch einmal gehört und wollte sich deshalb schon melden.
Aber die Tür ging auf und Daniela kam herein.
«Hab verschlafen», sagte sie und legte ihren Entschuldigungszettel auf den Lehrertisch.
Frau Dr. Röggelein faltete den Zettel nicht auseinander. Normalerweise konnte sie ziemlich zickig werden, wenn jemand so oft zu spät kam wie Daniela. Aber sie sah Daniela nur forschend an. Dann nickte sie, sagte aber nichts.
Daniela schluckte enttäuscht. Offenbar hatte sie schon eine patzige Antwort auf der Zunge gehabt.
Sie ging an den Fenstern entlang, blieb hinter Sonja stehen und knallte ihren Rucksack vor Sonja auf die Tischplatte. «Ey, das ist mein Platz!» Sie schien eine Stinklaune zu haben.
«Ja, ist ja gut.» Sonja stand so eilig auf, wie es gerade noch zulässig war, wenn sie ihr Gesicht wahren wollte. Daniela gab Sonja einen Stoß, dass sie stolperte. Dann ließ sie sich auf ihren eigenen Stuhl plumpsen und wischte das Heft beiseite, das Sonja liegen gelassen hatte.

Manuel hatte nicht gerade erwartet, dass Daniela in der Pause zu ihm kommen würde, um sich zu bedanken. Das nicht.
Im Grunde befürchtete er eher, dass sie die Hand ausstrecken und sagen würde: «Wo ist mein Whisky?»
Er hatte sich immer noch nicht entschieden, wie er dann reagieren

wollte. Sollte er zugeben, was er wirklich mit der Flasche gemacht hatte? Aber dann hielt Daniela ihn womöglich für einen Schnuller. Das war noch mindestens drei Stufen unter Weichei.
Vielleicht würde er ganz cool antworten: «Kriegst du morgen.» Dann musste er eine neue Flasche besorgen. Aber was für eine? Gestern im Supermarkt hatte er in der Aufregung nicht auf die Marke geachtet. Klar, er konnte diskret eine Flasche in der Tankstelle abzweigen. Aber irgendwas in ihm sträubte sich dagegen.
Er hatte mit seinem Vater die Abmachung, dass er alles nehmen konnte, was er wollte. Er musste nur einen Zettel in die Kasse legen. Am Monatsende wurde das dann mit dem Geld verrechnet, das er auf der Tankstelle verdient hatte. Aber von Whisky oder Zigaretten war dabei natürlich nicht die Rede gewesen.
Vielleicht sollte er am Nachmittag einfach nochmal in den Supermarkt gehen. Vielleicht würde ihm beim Anblick der Whiskymarken, die sie dort hatten, ja wieder einfallen, was für eine Marke das gestern gewesen war.
Aber wahrscheinlich war das auch gar nicht nötig.
Denn Daniela verhielt sich ganz anders, als Manuel erwartet hatte: Sie ignorierte ihn einfach.
Sie tat so, als habe es den gestrigen Tag nicht gegeben. Sie beachtete Manuel überhaupt nicht. Ohne ihn auch nur eines einzigen Blickes zu würdigen, stapfte sie in der Pause mit Pia und Sonja aus dem Klassenraum.
Florian stand ihr im Weg.
«Weg da!», fuhr Daniela ihn laut an.
«Ey, du tickst wohl nicht richtig!», schrie Florian sie an. Aber er trat schnell beiseite und ließ die Mädchen vorbei.

In den nächsten Stunden ertappte Manuel sich mehrfach dabei, dass er zu Daniela hinübersah.

Warum sie sich ihm gegenüber wohl so abweisend benahm? Oder hatte sie vielleicht gar nicht mitbekommen, dass er es gewesen war, der ihr im Supermarkt geholfen hatte?
Genau. Das musste es sein. Sie war in Panik gewesen. Sie hatte den Whisky unter der Jacke gehabt und musste ihn unauffällig loswerden, bevor der Filialleiter sie durchsuchte oder die Polizei rief.
Es war ihr ganz egal gewesen, was aus der Whiskyflasche wurde. Sie wollte sie nur ganz schnell los sein.
Sie hat mich gar nicht bemerkt, dachte Manuel.
Er war so enttäuscht, dass er ein paar Minuten lang ernsthaft in Erwägung zog, in der nächsten Pause zu ihr zu gehen und es ihr zu sagen. So wie in diesen Ritterfilmen. Der edle Retter klappt sein Visier hoch und gibt sich zu erkennen.
Aber das ging natürlich nicht.

Als Manuel nach der sechsten Stunde zu den Fahrradständern kam, standen dort Daniela, Sonja, Aysche und Pia mit einem anderen Mädchen, das ihm den Rücken zuwandte.
«Und wenn wir dir deine Kohle nicht zurückgeben?», fragte Daniela gerade. «Was dann?»
«Dann geh ich zu Frau Dr. Röggelein», sagte das Mädchen sehr bestimmt. Manuel erkannte Samanthas Stimme. Die Klassensprecherin hatte offenbar nicht vor, sich einschüchtern zu lassen.
«Petze», sagte Sonja verächtlich.
«Das hat doch nichts mit Petzen zu tun», fuhr Samantha sie an. «Mit mir macht ihr so was jedenfalls nicht. Ich lass mir doch von euch nicht mein Geld wegnehmen und mir dann auch noch erzählen, dass ich petze, wenn ich mir Hilfe hole. Ich kann auch gleich zur Polizei gehen, wenn euch das lieber ist.»
Sonja hob die Hand. Es sah aus, als ob sie Samantha ohrfeigen wollte.

Doch Daniela drückte Sonjas Arm wieder runter.

«Lass mal, Sonja. Sie hat ja Recht. Mit Petzen hat das wirklich nichts zu tun.»

Sonja begriff nicht gleich. «Nicht?»

«Nein», sagte Daniela zuckersüß. «Verleumdung nennt man so was.»

Sonja kapierte immer noch nicht. «Verleumdung?»

«Das ist so was wie Lügen», sagte Daniela, immer noch zuckersüß. «Wenn einer über einen anderen etwas verbreitet, das gar nicht stimmt, dann verleumdet er ihn.»

«Sehr clever», sagte Samantha trocken. «Aber leider stimmt es nun mal, dass ihr mir einen Zwanni weggenommen habt.»

In diesem Augenblick sah Manuel Frau Dr. Röggelein mit eiligen Schritten über den Schulhof kommen. Sie strebte dem Lehrerparkplatz zu, auf dem ihr goldener Volvo stand.

Samantha, die sich inzwischen umgedreht hatte, entdeckte die Lehrerin fast gleichzeitig mit ihm.

«Oh, da ist sie ja! Wenn ihr so scharf darauf seid, können wir das ja gleich mal mit der Röggelein besprechen.»

Reingefallen, dachte Manuel.

Aber da stürzte Daniela schon auf die Lehrerin zu. «Frau Dr. Röggelein! Frau Dr. Röggelein!», rief sie laut. «Warten Sie doch mal kurz. Samantha hat gestern auf dem Dom ihr ganzes Geld verprasst.»

Frau Dr. Röggelein kam den Mädchen entgegen. Sie war sichtlich in Eile. «Ja und? Was hab ich damit zu tun?»

«Sie will das Geld jetzt von uns haben», sagte Daniela mit einem unschuldigen Lächeln. «Sie sagt, wir hätten es ihr gestern weggenommen. Aber wir können uns alle vier nicht daran erinnern. Wirklich nicht.»

Frau Dr. Röggelein sah zuerst auf ihre Armbanduhr, dann auf

Samantha. «Ich kann mir jetzt keine langen Geschichten anhören. Ich bin sowieso schon zu spät dran. Wie viel war es denn?»
Samantha hatte den Kopf gesenkt. Sie war knallrot angelaufen. Sie war sprachlos vor Wut und Verlegenheit.
«Zwanzig Mark», antwortete Daniela an ihrer Stelle.
«Na, das geht ja noch.» Frau Dr. Röggelein öffnete ihre Umhängetasche. «Ich muss jetzt wirklich», sagte sie, während sie in ihr Portemonnaie griff. Sie nahm zwei Zehner heraus und hielt sie Samantha hin. «Aber nur als Darlehen. Gib's mir zurück, wenn du dein Taschengeld bekommst.»
Samantha reagierte überhaupt nicht.
«Ja, macht sie, Frau Dr. Röggelein», sagte Daniela und nahm das Geld. «Und vielen Dank. Sie sind ein Schatz.»
Daniela steckte die beiden Zehner ein.
In diesem Moment erwachte Samantha aus ihrer Erstarrung. «Ey, das ist mein Geld! Ich muss es ihr zurückgeben.»
Daniela zeigte auf Frau Dr. Röggelein, die weitergeeilt war.
«Dann lauf ihr doch nach. Erzähl ihr, dass wir dir schon wieder Geld abgenommen haben.»
«Hab ich aber gar nicht gesehn», sagte Sonja.
«Ich auch nicht», sagten Aysche und Pia.
Samantha starrte Daniela fassungslos an.
Dann wandte sie sich plötzlich ab und rannte davon.

Manuel ging an diesem Nachmittag nach den Schularbeiten nicht auf die Tankstelle, sondern zu Icky in die Kneipe.
Sie hatte schon geöffnet, aber es saß nur ein einsames altes Pärchen hinten in der Knutschecke. Die beiden sahen seltsam fein gemacht aus, und die Frau redete die ganze Zeit, während der Mann seine Kaffeetasse zwischen seinen großen Händen drehte.
Als Manuel reinkam, packte Icky ein Kuchenpaket aus, das sie

wohl gerade geholt hatte. Sie legte je zwei Stück Kuchen auf die beiden Teller, die sie schon auf ein Tablett gestellt hatte. Dann brachte sie das Tablett in die Knutschecke.

«Das haben wir aber nicht bestellt, Icky», sagte der Mann abwehrend.

«Geht aufs Haus», antwortete Icky.

Als sie an die Theke zurückkam, zeigte sie auf die übrig gebliebenen beiden Kuchenstücke. «Die sind für dich.»

«Und du?», fragte Manuel.

«Ich mach mir nichts aus Kuchen.»

«Ich auch nicht.»

Sie trat unter der Theke auf einen Hebel. Der Deckel des Abfalleimers klappte auf. «Dann schmeiß ich ihn weg.»

«Hälfte, Hälfte», rief Manuel.

Icky legte ihm schnell den Zeigefinger auf den Mund. «Nicht so laut. Die beiden da hinten haben was Wichtiges zu besprechen. Johnny muss morgen früh nach Altona, ins Krankenhaus.»

Manuel war eigentlich hergekommen, um mit Icky zu reden. Über das Ding im Supermarkt gestern, zum Beispiel, und über Danielas abweisendes Verhalten heute Morgen und über die Sache mit Samantha am Mittag und vielleicht noch über ein paar andere Sachen.

Aber er wusste jetzt nicht, womit er anfangen sollte. Und überhaupt, was ging Daniela ihn eigentlich an? Er hatte zufällig daneben gestanden, als sie beim Klauen erwischt wurde. Na und?

Aber warum ging ihm Daniela nicht mehr aus dem Kopf? Dauernd fiel sie ihm wieder ein. Er hatte sogar geträumt von ihr heute Nacht. Er wusste nur nicht mehr, was. Er vergaß seine Träume immer sofort nach dem Aufwachen. In der ersten Sekunde waren sie noch ganz deutlich und in der nächsten wie ausgelöscht.

Vorhin hatte er einen Block und einen Bleistift auf dem Tisch neben seinem Bett bereitgelegt. Den Tipp hatte er aus einer der bunten Zeitschriften: Wenn man seine Träume gleich beim Aufwachen aufschreibt, gehen sie nicht verloren. Und er wollte schon gern wissen, was mit ihm und Daniela in seinen Träumen passierte.

Icky hatte die beiden Kuchenstücke durchgeschnitten. Stumm aßen sie beide ihre Kuchenhälften, beide zuerst das Erdbeer- und dann das Vanillestück. So was klappte ganz automatisch bei ihnen. Darüber mussten sie sich nicht erst verständigen. Sie mochten beide am liebsten Vanille. Also hoben sie sich das Vanillestück bis zum Schluss auf.

Plötzlich hob Icky den Kopf und sah ihn forschend an. «Verliebt?», fragte sie.

Manuel wäre fast vom Barhocker gefallen. Wie kam sie denn auf so 'n Quatsch?

«Blödsinn», stotterte er und wollte abhauen.

«Moment!», rief Icky ihn zurück. «Du kriegst noch was!»

Was war denn jetzt noch? Manuel wartete genervt.

Icky ging an die Kasse und nahm einen Zwanziger heraus. Dann kam sie zu ihm herüber und fuhr ihm durchs Haar.

«War wirklich anständig von dir, dass du den Schein von Frau Brammer nicht genommen hast.»

vier

Also gut, wenn's ihn beruhigt, kann ich ja mal 'n bisschen reinschreiben. Liegt ja eh lange genug rum bei mir, das Buch. Und bevor er richtig zuschlägt, schreib ich lieber ein bisschen was.

«Daniela, hast du schon was geschrieben?»
«Zu meiner Zeit haben die Mädchen alle Tagebuch geführt. Und du hast so ein schönes Buch. So was Wunderschönes hat garantiert keine von deinen Freundinnen.»

Stimmt genau.

Wenn ich mir das vorstell, Sonja und so ein Buch. Völliger Quatsch. Die bringt so was nicht. Der Einband blutrot, mit Leinen bezogen, dann das Vorblatt, ebenfalls rot, aber in einem etwas dunkleren Ton. Die Seiten ganz hauchdünn liniert. Und wie viele Seiten das sind! Mindestens dreihundert.

Wenn man das Buch umdreht, sieht man auf der Rückseite, ganz unten am Rand, ein einzelnes Wort. Es ist in Schwarz auf das rote Leinen gedruckt. Aber in einer ganz besonderen Druckschrift, die fast aussieht wie mit der Hand geschrieben. Paperchase steht da. Und ich hab keinen Schimmer, was das heißt. Papierjagd? Jagd nach Papier? Jagd auf Papier? Aber vielleicht ist das ja auch einfach nur ein Name. Dass die Firma, die das Buch hergestellt hat, einem Mister Paperchase gehört. So wie bei Bahlsen-Kekse oder Kühne-Senf. Kann ja sein.

Ob dieser Mister Paperchase wohl weiß, dass sein supertolles Buch jetzt ein Anscheißerbuch ist?

Aber wahrscheinlich ist er selbst ein Anscheißer. Genau wie Benno, mein Vater. Der scheißt auch jeden an. Manchmal glaub ich, der kann gar nicht anders.

Zum Beispiel, als er mir dieses superschöne Paperchase-Buch gekauft hat. Für 6 Pfund und 25 Pence. Weiß ich hundertprozentig. Ich hab das Preisschild nämlich drin gelassen. Ich lass

immer das Preisschild drauf. Auch auf Schuhen. Find ich witzig. Weiß doch sowieso jeder, dass so was Geld gekostet hat. Und teuer ist toll. Superteuer ist supertoll.
Diese ganze Reise nach London, ein einziger Beschiss.
«Such dir aus, was du sehen willst.» Das hat er gesagt und mir einen Reiseführer aufs Bett geschmissen.
Und ich bin natürlich wieder drauf reingefallen. Genau wie damals, als er noch zur See fuhr. Da hab ich echt geglaubt, dass er mir eines Tages einen Schimpansen mitbringt. Hab ich echt überall rumerzählt. Mein Vater bringt mir 'n richtigen Affen mit.
Hat er aber nie gemacht.
Das Einzige, was er mir mitgebracht hat, war'n seine verrückten Geschichten. Die von der Sultanstochter, zum Beispiel. Laila hieß sie und der Schiffsjunge hatte sich Hals über Kopf in sie verliebt. Eines Nachts holte der Schiffsjunge Benno aus dem Schlaf, seinen Kapitän also. Er war kreidebleich und schlotterte an sämtlichen Gliedern. Er war über die Palastmauer geklettert, um heimlich die schöne Prinzessin in ihren Gemächern zu besuchen. Es wär auch alles gut gegangen, wenn da nicht dieser zahme Schimpanse im Schlafzimmer der Prinzessin gewesen wäre. Der hat vor lauter Eifersucht geschrien und gekreischt und sich auf den Schiffsjungen gestürzt, und dem Jungen war gar nichts anderes übrig geblieben, als das Tier mit bloßen Händen zu erwürgen. Aber nun brauchte er dringend einen Ersatzaffen, damit nicht alles herauskäme und er vom Sultan zum Tode verurteilt würde.
Solche Geschichten halt. Ich hab das echt geglaubt damals. Und ich war sogar noch stolz darauf, dass mein Affe nun bei einer richtigen Prinzessin lebte und sie beschützte.
Mit London, das war genau so 'n Beschiss. Was ich mir da ausgesucht hatte? Den Rosetta Stone im Britischen Museum. Den fand

ich echt irre damals. Einen rosa Stein, auf dem derselbe Text in mehreren Sprachen eingemeißelt ist. Damit haben sie die ägyptischen Hieroglyphen entziffert. Den wollte ich sehen. Nur den. Und was hab ich zu sehen gekriegt? Die Docklands. Lauter beschissene Wolkenkratzer aus Glas, Marmor und Stahl mit Hightech-Büros und Luxusapartments im ehemaligen Londoner Hafengebiet.
Nicht dass Benno sich da 'ne Wohnung kaufen wollte. Dagegen hätte ich ja gar nichts gehabt. Dann hätte ich mir meinen rosa Stein eben später mal angesehen.
Nee, nur kucken wollte er und sich aufgeilen. Ich hab überhaupt nicht kapiert, was ihn da so anmachte. Mama auch nicht. Wir beide hatten Blasen an den Füßen und die Nase voll von den Glaspalästen auf der Canary Wharf. Aber nicht mal ins Restaurant durften wir.
Benno schleifte uns von Gebäude zu Gebäude und schließlich sogar in so 'n Luxusapartment, das man besichtigen und kaufen konnte. Benno hat wie ein Irrer fotografiert. Klar, der Blick von der Terrasse über den Hafen war ja auch toll. Aber was er mit all den Fotos wollte, hab ich erst später begriffen, als er plötzlich unbedingt umziehen wollte, in diese Schaufensterwohnung hier.
Der ganze Wochenendtrip nach London war sein Einstieg in einen neuen Geschäftszweig. PR für die Hamburg-Docks.
Wie das läuft? Ganz einfach. Irgendwelche Bauunternehmen, die so was wie die Docklands im Hamburger Hafen bauen wollen, haben ihm diese Wohnung hier eingerichtet. Darf natürlich keiner wissen. Und er lädt jetzt lauter reiche und einflussreiche Leute ein und stimmt sie ein auf die Docks. Dass die da Wohnungen und Büros kaufen und so. Mir wird echt schlecht, wenn ich nur dran denke, wie viele fremde Typen schon in meinem Zimmer gestanden haben.

«Wollen Sie mal eben kucken?» Und schon geht die nächste Führung mitten durch mein Zimmer.
Das Paperchase-Buch war sozusagen Bennos erste Investition in unser neues Showleben. Es muss immer hübsch dekorativ auf meinem Arbeitstisch liegen. Aber ich hab trotzdem nie was reingeschrieben. Bis heute.
Aber 'n Tagebuch wird das garantiert nicht. Ich sülz mir doch hier keinen ab, und mein Vater zeigt das dann womöglich diesen Leuten, die er auf den Hafen heiß machen soll. Da kennt er gar nichts. Vertrauensbildende Maßnahmen nennt er so was.
Wenn die Leute hier wieder weggehen, sollen sie denken, dass sie 'nen Fernsehstar als Freund haben. Das ist Benno nämlich inzwischen. Zuerst hat er sich als so 'ne Art Hafenreporter durchgeschlagen, für Zeitungen und Zeitschriften. Inzwischen hat er eine eigene Sendung, den ‹Hafen-Report›. Und Filme dreht er neuerdings auch. Er hat jetzt sogar eine eigene Sendereihe: Die schönsten Häfen der Erde.
Ich hab mir das Paperchase-Buch gerade nochmal angesehen. Beinahe hätte ich den dicken schwarzen Filzer genommen und mal richtig auf dem roten Leinen rumgekritzelt. Das wär geil. Und Benno? Der würde echt ausflippen.
Nee, von außen muss das Buch immer wie neu aussehen.
Aber ich kann ja irgend 'nen Scheiß reinschreiben. Oder nein. Ich schreib mein Hasstagebuch. Ja, das isses. Ich schreib über Sachen, die mir auf den Geist gehen, wie die Röggelein. Oder diese Scheißordnung hier in der Wohnung, dieses Geleckte und Gelackte, dass einem ganz schlecht wird, wenn man nur reinkommt.
Und diese Heuchelei von Benno. Wie der die Leute einwickelt, nur weil er an ihre Brieftasche will.
Find ich zum Kotzen.

Obgleich ich da inzwischen auch ganz gut drin bin. Im Einwickeln, mein ich. Wie ich heute die Röggelein eingeseift hab auf dem Schulhof, da wär Benno echt stolz auf mich gewesen.
Die Röggelein hat doch glatt zwei Zehner rausgerückt.
Und Samantha muss sie ihr zurückzahlen.
Geil!
Aber was mach ich jetzt mit Manuel?
Warum der das wohl getan hat? Das mit der Whiskyflasche, mein ich. Wenn er mir da im Supermarkt nicht geholfen hätte, wär ich voll reingerasselt.
Aber ich hab heute in der Schule erst mal auf total cool geschaltet. Hab so getan, als ob ich ihn überhaupt nicht beachte.
Was der wohl von mir will?
Aber das kriege ich schon noch raus.
Er soll bloß nicht glauben, dass er mich wegen dieser Whiskyflasche im Schwitzkasten hat.
Jedenfalls hilft er nicht jeder, das steht schon mal fest. Als Samantha sich vorhin ihr Dom-Geld von uns zurückholen wollte, da hat er sich rausgehalten. Aber ich wette meinen Arsch, der hat genau gecheckt, was da ablief.
Der ist ja nicht blöd.
Jetzt bin ja mal gespannt, was er eigentlich von mir will. Ich warte einfach mal ab, bis er sich rührt.
Heute Morgen hab ich ihn ein bisschen beobachtet. Ganz unauffällig. Hat er bestimmt nicht gemerkt.
Und dabei ist mir was echt Komisches aufgefallen. Wirklich wahr, superkomisch ist das.
Irgendwie find ich Manuel gar nicht so übel! Der müsste sich nur mal ein bisschen lockerer anziehen. So wie der rumläuft, sieht er immer so total uncool aus.
Das müsste ich jetzt eigentlich sofort wieder zukritzeln. Damit es

keiner lesen kann. So was gehört doch nicht in ein Hasstagebuch.
Da müsste ich ein fettes Hakenkreuz draufmalen. Riesengroß und schwarz wie die Nacht.
Das würde hier so richtig reinfetzen in Bennos tolle Schaufensterwohnung. Wie 'ne Handgranate.
WUMMKRACHBOMMSTÖHNWIMMER!
Mann, würde Benno dann ausrasten.
Ein Hakenkreuz in seinem supertollen Hamburg-Docks-Aufreißer-Apartment. Da würd er rotsehen. Da knallen bei ihm garantiert sämtliche Sicherungen durch. Das überleb ich nicht.
Aber schreiben darf man das: HAKENKREUZ. Das juckt keinen.
Komisch eigentlich.

fünf

Die Buschtrommeln auf dem Kiez funktionierten zuverlässig. Fast jedenfalls. Zuerst wurde noch ganz korrekt durchgetrommelt, dass der Sohn von Hannes Schlüter, ja, genau, Tankstellen-Schlüter, die alte Frau Brammer bei einem Handgemenge im Supermarkt vor einem bösen Sturz bewahrt und sich hinterher geweigert habe, von der Rentnerin einen Zwanziger als Dankeschön anzunehmen. So hatte Icky die Geschichte von einem späten Zecher gehört, der schon ziemlich einen in der Krone hatte, wie Manuels Großmutter sich ausdrückte.

Zwei Tage später berichtete ein Gabelstapler-Fahrer vom Cellpap Terminal, der den ganzen Tag tonnenschwere Papierrollen in Eisenbahnwaggons verladen hatte und sich nun ein Feierabend-

Bierchen an Ickys Theke genehmigte, von einem Raubüberfall, bei dem dieser Junge von der Tankstelle einer alten Rentnerin das Leben gerettet und anschließend einen Zwanzigmarkschein abgelehnt habe.

Für Manuel, der diese Woche fast jeden Nachmittag an der Tankstelle jobbte, hatten diese Kiez-Geschichten erfreuliche Nebenwirkungen. Immer wieder mal nahm ihn ein Kunde beiseite, klopfte ihm anerkennend auf die Schulter und schob ihm einen zusammengefalteten Zwanziger in die Hemdentasche.

In der zweiten Wochenhälfte hatte die Story noch eine winzige, aber doch entscheidende Vereinfachung erfahren. Manuel, der all diese Versionen gar nicht kannte, merkte das daran, dass Albaner-Jack, der wieder eine gründliche Innenreinigung für seinen schwarzen Porsche geordert hatte, ihm vor dem Einsteigen in den Magen boxte und ihm dann, als er nach vorn knickte, einen Hunderter auf die schweißnasse Stirn pappte. «Kauf dir was Schönes, Manny.»

Aus dem «Zwanziger» war in der Kiez-Gerüchteküche ein «Schein» geworden, und Manuel kassierte von da an hin und wieder auch mal einen Fuffy, sogar von Leuten, die er nie zuvor gesehen hatte, jedenfalls konnte er sich nicht an sie erinnern. Der Hunderter von Albaner-Jack blieb leider der einzige.

Manuel freute sich über den unerwarteten Geldregen, aber ihm war das Ganze auch ein bisschen peinlich, weil er fast die ganze Woche zusammen mit Elif an der Tankstelle jobbte. Elif war ein halbes Jahr jünger als er.

Am Donnerstag hatte Elif eine nagelneue Pauli-Jacke an. «Hier, fühl mal», sagte sie. «Echtes Leder.»

Auf den Rücken war nicht der weiße Totenkopf aufgedruckt, damit hätte Elif bei ihren Eltern, die keine Ahnung hatten, dass Elif sich ein bisschen was nebenher verdiente, nicht aufkreuzen können, sondern nur das Wort ‹Pauli›. Elif hoffte, dass ihre Eltern, die erst vor drei Jahren aus Anatolien gekommen waren und immer noch wenig Deutsch sprachen, mit diesem Aufdruck nichts anfangen konnten.

«Teuer?», fragte Manuel.

Elif nickte heftig. Fünf Monate habe sie auf die Jacke gespart. «Ich brauch ja auch sonst noch ein bisschen was.»

«Klar», sagte Manuel und verkniff sich ein Grinsen. Elif hatte eine ausgeprägte Schwäche für Eiskrem. Wenn sie mal Leerlauf hatte, holte sie sich drei- bis viermal pro Schicht auf Mitarbeiter-Rabatt aus der Truhe im Tankstellen-Shop ein Magnum. So was hatte es in ihrem Dorf in Anatolien nicht gegeben. Für Elif stand fest, dass sie nie wieder zurückgehen würde. Deshalb hatte sie so schnell Deutsch gelernt, dass sie jetzt sogar in der 7. Jahrgangsstufe mithalten konnte.

«Aber ich hab die Jacke billiger gekriegt.» Elif lächelte verschmitzt und zeigte Manuel einen langen Schnitt im Innenfutter. Eine Woche bevor sie den Kaufpreis zusammengehabt hatte, war sie in den Fanshop am Millerntor gegangen und hatte mit einer Rasierklinge heimlich ins Futter geschnitten. «War 'ne prima Verhandlungsbasis gestern Nachmittag.»

Fünf Monate hatte Elif für ihre Jacke sparen müssen.

Manuel war es ein bisschen peinlich, dass er jetzt einen Schein nach dem anderen kassierte, für nichts. Vielleicht hatte er deshalb das für ihn ungewohnte Gefühl, dass er die Kohle wieder unter die Leute bringen müsse. Er überlegte, ob er sich ein Mountainbike mit 24 Gängen kaufen sollte. Aber sein altes schwarzes Rabeneick war noch ganz okay und vor allem schön zerkratzt und ramponiert. Er putzte es nie, sondern ölte nur die Kette und die Stellen, an denen sich was drehen musste. Als er sieben war, hatte er sein erstes eigenes Fahrrad zweimal die Woche mit Begeisterung auf Hochglanz poliert. Nach einem Monat war es weg gewesen. Noch heute spürte er den fassungslosen Schmerz, den er empfunden hatte, als er die mit einem Bolzenschneider durchtrennte Kette an dem Metallbügel gesehen hatte, an den er sein chromblitzendes Kinderfahrrad angeschlossen hatte.

Und Klamotten? Er ging in den Tommy-Hilfiger-Laden an der Reeperbahn und nahm zwei weite Hosen mit aufgesetzten Seitentaschen und eine Kapuzenjacke mit in die Umkleidekabine.

«Zu klein», sagte die Verkäuferin mit der handtellergroßen Jaguar-Tätowierung auf der Schulter, als er aus der Kabine kam und sich im Spiegel anschauen wollte. Sie hatte überhaupt nicht hingesehen. «Du bist das erste Mal hier, stimmt's?» Sie zeigte auf einen anderen Ständer. «Sieh dich dort mal um.»

Aber Manuel fühlte sich nun mal nicht wohl in Klamottenläden. Er fand, dass er nun genug gelitten hatte. Außerdem, wie sollte er in diesem Schlabberlook auf der Tankstelle jobben? Da blieb er ja dauernd an irgendwelchen Gangschaltungen und Türgriffen hängen. Ihm fiel ein, dass Elif sich immer erst auf dem Damenklo umzog, bevor sie zum Ledertuch griff. Aber dazu war er denn doch zu faul. Er ließ die Sachen in der Umkleidekabine hängen und ging.

Während er sich auf dem breiten Bürgersteig der Reeperbahn im ersten Gang zwischen zwei verfrühten Busladungen Touristen hindurchschlängelte, kam ihm der Gedanke, dass irgendetwas vielleicht nicht ganz stimmte bei ihm. Fast alle, die er kannte, hatten nie genug Kohle, um all das zu kaufen, was sie unbedingt für ein halbwegs zivilisiertes Großstadtleben brauchten.

Und er? Er gondelte mit einem Bündel Scheine in der Tasche über den Kiez und wusste nicht, wohin mit dem Geld. Manchmal fand er sich selbst ziemlich langweilig.

Aber er hatte nun mal alles, was er brauchte. Einen Fernseher, einen Computer mit zwei Dutzend Spielen, von denen ihn die meisten nach einigen Wochen anödeten, und eine kleine Hi-Fi-Anlage, die er beim Media-Markt gekauft hatte. Die reichte völlig für sein Zimmer. Gut, er hätte sich gern noch ein paar CDs gekauft, aber so viele Sahnestücke gab's da auch wieder nicht. Er hatte nicht die geringste Lust, sich sein Regal mit Schrott vollzustellen.

Vor ihm blockierte eine weitere Busladung Touristen den Bürgersteig und er bog nach rechts in die Talstraße ab. Er war schon an den Schaufenstern des Guitar City vorbei, als ihn irgendetwas dazu brachte, umzukehren.

Unter den Instrumenten in der Auslage war ihm eine gebrauchte Gitarre aufgefallen, die ein wenig an den Rand gerückt war, mit einem handgeschriebenen gelben Pappschild, das unter die Saiten geschoben war: «Gelegenheit».

Manuel wusste selbst nicht genau, warum er anhielt und sein Rad an ein schief gefahrenes Halteverbotsschild anschloss. Zögernd betrat er den Laden.

An dem roten Verkaufstresen, der Manuel ein bisschen an Ickys Kneipentheke erinnerte, standen zwei übernächtigt aussehende Typen in Cowboystiefeln und Fransenlederjacken und redeten auf den Mann hinter dem Tresen ein. Keiner der drei schien Manuel zu beachten.

Manuel schob sich an den beiden Cowboys vorbei und sah sich einem Wald von Gitarrenhälsen gegenüber. Mindestens dreißig Instrumente standen auf dreibeinigen Gestellen auf dem Fußboden vor ihm. Manuel zögerte wieder. Was wollte er hier eigentlich?

«Sieh dich ruhig um», sagte der Mann hinter dem Verkaufstresen. Er hatte schlohweißes Haar und genauso blasse Haut wie seine beiden Kunden. «Die Anfänger-Gitarren stehen da links von dir.»

Während Manuel vorsichtig eins der Instrumente vom Ständer

nahm, hörte er mit halbem Ohr zu, worüber die drei am Tresen redeten. Die beiden Cowboys schienen Profimusiker zu sein. Sie waren mit ihrer Band auf Tour und hatten in der Nacht einen Unfall gehabt. Ihr Tourneebus war morgens um vier bei einem plötzlichen Stau auf der Autobahn kurz vor dem Elbtunnel auf einen Laster aufgefahren. Dabei waren drei Gitarren zu Bruch gegangen. Nun brauchten die beiden dringend zwei Leihgitarren, besser noch drei. Doch der Schlohweiße wollte die Instrumente lieber verkaufen, zumindest wollte er Sicherheiten haben. «Ohne Ausweiskopie und Leihvertrag läuft gar nichts», sagte er mehrfach. Aber ihre Papiere hatten die beiden in dem allgemeinen Durcheinander nach dem Unfall in ihren Reisetaschen gelassen, und die seien jetzt im Hotel.

Während Manuel dem Gespräch lauschte, strich er behutsam mit dem Daumen über die Saiten der Gitarre, die er von einem der Ständer genommen hatte. Alle drei Männer schauten zu ihm herüber. Die beiden Cowboys verzogen gequält das Gesicht.

Manuel stellte die Gitarre schnell wieder weg. Er hatte keine Ahnung vom Gitarrespielen und kannte keinen einzigen Griff. Aber irgendwas störte auch ihn am Klang des Instruments, ein bisschen dünn und schrill fand er ihn.

Er probierte noch ein paar andere Gitarren aus der Billig-Abteilung aus und griff dann zögernd nach einem mit Perlmutt verzierten rötlichen Instrument, das ein bisschen abseits stand und ihm durch seine schöne Holzmaserung aufgefallen war.

Wow! Das war ein Klang!

Aber die eine Saite tanzte ein wenig aus der Reihe. Manuel drehte am Wirbel, nicht viel, nur eine Winzigkeit.

«Ey», sagte hinter ihm der Verkäufer. «Du bist ja gar kein Beginner. Sorry. Wollte dich nicht beleidigen. Du hast sofort mein teuerstes Stück rausgefunden.»

«Ehrlich?» Manuel suchte unwillkürlich nach dem Preisschild an der Gitarre.

«Da hab ich kein Schild drangemacht», sagte der Mann und grinste. «Da könnt ich ja gleich ‹Klau mich› draufschreiben.»

«Was kostet die denn?»

«Aber fall nicht gleich in Ohnmacht», sagte der Mann. «Neun acht.»

9800! Manuel schluckte und stellte die Gitarre sehr behutsam wieder an ihren Platz.

«Wie viel kannst du denn ausgeben?»

Gute Frage. Bis vor wenigen Minuten hatte Manuel noch nicht einmal gewusst, dass er sich überhaupt für Gitarren interessierte.

«Hast du die im Fenster gesehen?»

Bevor Manuel antworten konnte, beugte sich der Mann in die Auslage und angelte mit langem Arm das Instrument heraus, das Manuel vorhin im Vorbeifahren aufgefallen war.

«Handarbeit», sagte er. «Die gehört einem berühmten Rockstar.»

Klar, dachte Manuel. Eric Clapton oder Lenny Kravitz.

Der Verkäufer schien seine Gedanken zu erraten. Er grinste schon wieder. «Hab ich aber auch gar nicht erst drangeschrieben. Glaubt mir ja doch keiner. Die meisten kennen ihn sowieso nicht mehr. Oder hast du schon mal von Andy Dunn gehört?» Als Manuel nicht gleich reagierte, fuhr er in fragendem Ton fort: «Der hat früher im ‹Star-Club› gespielt. Und im ‹Top Ten› natürlich.»

Manuel war ziemlich sicher, dass das nur Spruch war. Vielleicht kannte der Typ ihn vom Tanken und wusste, dass er der Enkel von Icky war.

«Wenn du mehr über Andy Dunn wissen willst», redete der Mann weiter, «musst du zu Icky gehen. Sie hat eine Kneipe am Fischmarkt. Damals hat sie eine Weile mit ihm zusammengelebt. Hoffentlich kann sie sich überhaupt noch an ihn erinnern. Ist lange her, weißt du.»

Manuel nahm die Gitarre in die Hand und riss mit dem Daumennagel die Saiten an. Als er den satten Klang hörte, wusste er endgültig, dass der Typ die Wahrheit gesagt hatte.

Er warf einen schnellen Blick auf das Preisschild.

«Zwo eins», sagte der Mann, der seinem Blick gefolgt war.

Zu teuer! Manuel hatte nicht viel mehr als ein Viertel davon in der Tasche.

«Du kannst sie auch abstottern. Aber dann brauch ich deinen Personalausweis und eine Unterschrift von deinem Vater oder deiner Mutter, ganz wie du willst.»

Manuel gab ihm die Gitarre zurück. «Ich überleg mir das noch mal.»

Der Mann mit den weißen Haaren nickte. «Klar. Ist ja auch 'n Haufen Geld. Na, ich drück dir die Daumen.»

«Wieso?»

«Na, dass das gute Stück noch da ist, wenn du wiederkommst. Vorgestern, nein, gestern war das, also da hat sich ein Typ für diese Gitarre interessiert. Einer wie die beiden vorhin, Profimusiker. Der wollte sie eigentlich gleich mitnehmen, aber dann piepte sein Handy. Er musste sofort zu einer Mucke in Stuttgart fliegen. Sonst wär deine Klampfe heute schon nicht mehr da.»

Manuel streckte die Hand aus und strich mit den Fingern über den Hals des Instruments. Er hatte plötzlich Angst, dass Andy Dunns Gitarre wirklich verkauft sein könnte, wenn er nicht sofort zugriff.

«Aber ich hab nur 600 Mark da», sagte er und holte sein Geld aus der Hosentasche.

«Kein Problem.» Der weißhaarige Händler nahm ihm die zusam-

mengerollten Banknoten aus der Hand, gab ihm die Gitarre und strich die Scheine auf dem Verkaufstresen glatt, bevor er sie zählte.
«Stimmt genau. 600. Brauchst du eine Quittung?»
«Klar.»
Manuel hätte die Gitarre am liebsten sofort mitgenommen. Aber er ließ sie noch für einen Tag in dem Laden.
«Okay», sagte der Mann.

Erst als Manuel wieder auf der Straße stand, wurde ihm plötzlich mulmig zumute. Seine Mutter war ihm eingefallen. Sie hasste Gitarren. Sie hasste alles, was mit dem Showgeschäft zu tun hatte. Sie zappte sogar die jährliche Endausscheidung für den Grand Prix d'Eurovision ärgerlich weg. Manuel hatte keine Ahnung, warum sie das machte. Vielleicht fürchtete sie, dass zwischen all den jungen Sängerinnen und Sängern plötzlich ihr alter Vater auf dem Bildschirm erscheinen könnte.
Manuel hatte das nie wirklich nachvollziehen können. Er jedenfalls hätte nichts dagegen gehabt, wenn sein eigener Vater gelegentlich mal im Fernsehen aufgetreten wäre.
Aber da bestand wenig Hoffnung. Hannes Schlüter drängelte sich nicht ins Rampenlicht. Wenn der irgendwo eine Kamera sah, dann ging er auf die andere Straßenseite. Der wollte gar nicht berühmt werden. Vielleicht, dachte Manuel manchmal, hatte seine Mutter seinen Vater überhaupt nur deswegen geheiratet. Aus lauter Angst, an einen zu geraten, der sie sitzen ließ, bevor ihr Kind auch nur in die Schule kam, hatte sie sich einen ausgesucht, auf den man bauen konnte. Ganze Großstädte konnte man auf Hannes Schlüter bauen.
Ein gutes Gefühl war das, so einen Vater zu haben. Normalerweise wenigstens. Aber manchmal war es auch lästig. So wie jetzt, zum Beispiel.

Manuel machte sich keine Illusionen darüber, dass er bei seinem Vater keine Unterstützung finden würde, wenn er mit einer Gitarre nach Hause kam. Mit einer Gitarre? Mit dieser Gitarre! Mit Andy Dunns Gitarre, um ganz genau zu sein.
Seine Mutter würde ausflippen.
Und sein Vater? Manuel konnte sich vorstellen, was sein Vater sagen würde. «Das musst du verstehen, mein Junge», würde er sagen. «Sie will nicht, dass du so 'n Hallodri wirst wie dein Opa. Wär ja auch nicht gut für dich, was?»
Das war's dann. Null Verhandlungsspielraum. Hannes Schlüter hatte seiner Frau irgendwann mal versprochen, dass er zu ihr halten würde. Für immer und ewig. Und das tat er dann auch. Basta.

Manuel wusste nicht, wie es jetzt weitergehen sollte. Die halbe Nacht lag er wach und spielte verschiedene Möglichkeiten durch. Er konnte die Gitarre natürlich in sein Zimmer schmuggeln und im Kleiderschrank verstecken. Aber für wie lange? Und wann sollte er üben? Denn spielen wollte er, das stand für ihn fest. Wenn er in seinem Zimmer spielen würde, musste er jeden Moment darauf gefasst sein, dass seine Mutter aus der Tankstelle hochkam. Sie benutzte nicht das Personalklo unten, sondern das in der Wohnung. Da war sie eigen.
Und wenn er mal mit seinem Musiklehrer reden würde? Oder mit einem der Sozialarbeiter im Jugendzentrum? Aber dort würde ihn jeder sehen mit seiner Supergitarre und irgendwann war sie dann weg. Denn er musste die Gitarre ja dort lassen, sie in irgendeinen Spind einschließen. Er konnte sie ja nicht jedes Mal wieder in die Wohnung schmuggeln. Eines Tages würde das Schloss des Spinds dann geknackt sein.
Blieb nur Icky.
Manuel überlegte hin und her, ob er es riskieren konnte, seine

Großmutter ins Vertrauen zu ziehen. Klar, Icky würde auf seiner Seite stehen. Hundertprozentig. Aber da war noch ein anderer Punkt, den er berücksichtigen musste: Icky konnte ihre Klappe nicht halten. Sie war eine Klatschbase. Blieb ihr ja auch gar nichts anderes übrig. Irgendwie musste sie die Gäste an ihrer Theke ja bei Laune halten. Irgendwann würde sich dann einer wie Albaner-Jack, während er darauf wartete, dass er seinen Porsche am Ausgang der Waschstraße wieder in Empfang nehmen konnte, bei Hannes Schlüter oder – schlimmer noch – bei Petra Schlüter danach erkundigen, wann man denn ihren Jungen das erste Mal in einem der Schuppen in der Großen Freiheit hören könne.
Und dann?

Auch am nächsten Morgen hatte Manuel noch keine Ahnung, wie er das Problem mit der Gitarre lösen sollte. Seine Laune wurde immer schlechter. In der großen Pause lehnte er an der Turnhallenwand und fragte sich ernsthaft, ob das mit der Gitarre nicht Blödsinn war. Vielleicht sollte er am Nachmittag ins Guitar City gehen und versuchen, seine Anzahlung zurückzubekommen.
Als es klingelte, stand Daniela plötzlich neben ihm. Sie hatte ihn die ganze Woche wie Luft behandelt, als sei er gar nicht vorhanden. Gleichzeitig hatte er das unbehagliche Gefühl gehabt, dass sie ihn nicht aus den Augen ließ, ihn fast belauerte.
Auch jetzt sah sie ihn gespannt an.
«Du kriegst noch was von mir», sagte sie zu ihm.
Manuel wusste nicht, was sie meinte. Dann kapierte er.
«Nein. Du von mir», sagte er und merkte, dass er plötzlich rot wurde. Sein ganzer Kopf schien zu brennen. Ihm war eingefallen, dass Icky ihn gefragt hatte, ob er verliebt sei. «Die Flasche Whisky.»
Daniela winkte ab. «Geschenkt.»

«Ich hab sie auch gar nicht mehr.»
Auf ihrem Gesicht zeigte sich so etwas wie Respekt. «Schon ausgesoffen?»
Manuel schüttelte den Kopf. «Ich hab sie gleich in den Verpackungscontainer neben dem Packtisch geworfen.» Verdammt! Das hätte er nicht sagen sollen. Jetzt hielt sie ihn garantiert für einen Schnuller.
Daniela nickte. «Hätt ich auch gemacht an deiner Stelle. Was willst du haben?»
Sie wollte sich revanchieren dafür, dass er sie im Supermarkt rausgehauen hatte.
«Quatsch», sagte er. «Dafür will ich nichts.»
Daniela stieß sich abrupt von der Mauer ab. «Dann such ich dir eben was aus», sagte sie. «Surprise!»
Manuel sah ihr nach, wie sie zu Sonja, Pia und Aysche hinüberging. Er hatte einen faden Geschmack im Mund. Irgendwas bei ihrem kurzen Gespräch war falsch gelaufen.

Nach der Schule ging er nicht ins Guitar City, sondern doch zu Icky. Zuerst zur Kneipe. Aber die war noch zu. Also marschierte er weiter. Icky saß zu Hause am Wohnzimmertisch und aß eine Rinderroulade.
«Willst du auch eine?» Während sie fragte, griff sie schon nach einem Teller und füllte ihm eine Roulade, Kartoffeln und braune Soße auf. Plötzlich hielt sie inne und sah ihn besorgt an. «Probleme? Mit deinem Mädchen?»
«Ich hab kein Mädchen, Icky.»
«Aber du hättest gern eins, stimmt's?» Sie sah ihn mitfühlend an. «Armer Manuel. Und ich dachte, für euch sei das leichter heutzutage. Ihr könnt doch wirklich machen, was ihr wollt. Wenn ich da an meine Zeiten denke. Wie heißt sie denn?»

«Daniela», sagte Manuel und hätte sich im selben Moment am liebsten die Zunge abgebissen.
«Und weiter? Kenn ich sie?»
Jetzt war eh alles zu spät. «Daniela Sander», sagte er.
«Doch nicht die Tochter von Benno Sander?»
Manuel nickte. «Doch.»
«Hmm», machte Icky. Sie sah nicht gerade begeistert aus.
Manuel war das Thema so unangenehm, dass er schnell ablenkte und von seiner Gitarre anfing. Aber Icky schien ihm zunächst gar nicht zuzuhören. Mit ihren Gedanken schien sie noch bei Daniela zu sein. Sie schnitt kleine Stücke von ihrer Roulade ab, steckte sie aber nicht in den Mund. Plötzlich ließ sie Messer und Gabel sinken. «Sag das noch mal. Wem hat diese Gitarre gehört?»
Manuel zeigte auf die Fotos an der Wand. «Opa. Ich meine, Andy.»
Sie legte den Kopf ein wenig schief. Das tat sie immer, wenn sie sehr genau zuhörte. «Und das ist sicher? Hing da ein Zettel dran? Vorbesitzer: Andy Dunn. Oder so ähnlich? Oder gibt es Fotos, auf denen Andy mit dieser Gitarre zu sehen ist?»
«Ich brauch keine Fotos», sagte Manuel.
«Und warum nicht?» Icky hielt den Kopf noch ein bisschen schiefer. Gespannt sah sie ihren Enkel an.
Manuel erzählte ihr, wie er die anderen Gitarren ausprobiert hatte. «Alles Schrott», sagte er. Dann habe er die Gitarre von Andy Dunn angeschlagen, und er habe sofort gewusst, dass das ein ganz besonderes Instrument sei. «Ich hab das sofort gespürt. Das war bestimmt Opas Gitarre.»
«Woran willst du das denn gemerkt haben?», fragte Icky spöttisch.
«Du kannst doch gar nicht Gitarre spielen.»
Das sei das zweite Problem, gab Manuel zu. Er brauche einen Ort, an dem er üben könne.
«Und das erste Problem?», wollte Icky wissen.

Manuel gestand ihr, dass Andy Dunns Gitarre so teuer war, dass er sie abzahlen musste. «Aber das schaff ich schon. Ich hab doch den Job an der Tankstelle. Nur ... der Typ im Laden will eine Unterschrift von meinen Eltern.»

«Und die willst du jetzt von mir haben?» Sie wartete nicht auf die Antwort. «Was kostet die Gitarre denn?»

Manuel rückte zögernd damit heraus.

Aber Icky war nicht entsetzt über den hohen Preis, wie er erwartet hatte, sondern sie schien sogar hocherfreut darüber zu sein.

«Wunderbar», sagte sie und schob ihren Stuhl zurück.

«Komm!»

«Wohin?»

«Ins Guitar City. Unterschreiben kann ich auch da. Wenn das dann überhaupt noch nötig ist.»

Icky kannte den Mann aus dem Gitarrenladen noch aus ‹Star-Club›-Zeiten. «Jetzt reden wir mal unter Geschäftsleuten», sagte sie cool. «Andy hat dir seine Gitarre in Kommission gegeben, richtig?»

«Stimmt. Aber ich hab ihm sechshundert Vorschuss gegeben. Bar auf die Hand. Er war gerade ein bisschen klamm.»

Icky strahlte. «Und wie viel hat Manuel gestern angezahlt?»

Der Mann mit der weißen Mähne warf einen erstaunten Blick auf Manuel. «Hat er dir das nicht erzählt?»

«Ich habe Manuel nicht danach gefragt», sagte Icky. «Also?»

«Sechshundert.»

«Dann hast du deinen Einsatz ja wieder raus. Und Andy kannst du bestellen, dass ich den Rest mit den Unterhaltszahlungen verrechne, die er nie bezahlt hat.»

Als sie draußen waren, Manuel mit dem ramponierten Gitarrenkoffer am Arm, der zu dem Instrument dazugehörte, fragte Manuel: «Er hat nie für Mama bezahlt?»

«Keinen Pfennig», antwortete Icky. «Als deine Mutter zwei wurde, ist er einfach verschwunden und hat sich nie wieder blicken lassen. So ist er nun mal.»

Manuel sah seine Großmutter von der Seite an. «Darf ich dich was fragen, Icky?»

«Ob ich ihn geliebt habe, ist es das?»

«Ja», antwortete er.

Seine Großmutter blieb mitten auf dem breiten Bürgersteig der Reeperbahn stehen und sah Manuel in die Augen. «Ich liebe ihn immer noch. Er ist schließlich der Vater meiner einzigen Tochter. Dein Großvater.»

«Aber er hat dich sitzen lassen.»

«Hat er», sagte sie.

«Und du bist nicht wütend auf ihn?»

«Doch, klar war ich wütend auf ihn. Ich hätte ihn umbringen können. Aber geliebt hab ich ihn trotzdem. Die ganze Zeit. Glaubst du, ich hätte keinen anderen haben können?»

Daniels Blick fiel auf das Bild einer fast nackten Blondine in schwarzen Lederstiefeln, die verführerisch vom Eingang eines Stripschuppens herüberlächelte. Und seine Oma und er standen hier und redeten über Liebe.

Icky lachte plötzlich. «Du hast übrigens Recht gehabt», sagte sie dann. «Das ist wirklich Andys Gitarre.»

Sie hatten im Guitar City mit keinem einzigen Wort über diesen Punkt geredet. Woher sie das denn auf einmal wissen wolle, fragte Manuel.

«Glaubst du, sonst hätten wir sie gekriegt?», fragte Icky. «Für sechshundert? Nie im Leben. Und jetzt zu deinem zweiten Problem. Du kannst bei mir üben. Deine Eltern müssen ja nicht alles wissen.»

Aber während sie in Ickys Hochhaus auf den Lift warteten, piepte Manuels Handy. Sein Vater war dran.

Elif hatte ihn sitzen lassen. «Und hier ist der Teufel los. Zwei Wagen warten auf die Innenreinigung und der Porsche von Albaner-Jack ist schon in der Waschstraße. Seltsam eigentlich. Sonst ist das Mädchen doch immer pünktlich.»
Bisher hatte Manuel sich immer darüber gefreut, dass er das Handy hatte. Heute verfluchte er es. Er hätte viel lieber Gitarre gespielt. Aber gerade jetzt durfte er seinen Vater nicht hängen lassen. Es sah ganz danach aus, dass er bald dessen Fürsprache brauchte.

Als Manuel auf der Tankstelle ankam, traf auch Elif gerade dort ein. Sie hatte ein blaues Auge und Abschürfungen am Knie und am Unterarm. Und sie sah aus, als ob sie geheult hätte.
«Was ist passiert?», fragte Manuel erschrocken.
«Nichts», antwortete sie und wich seinem Blick aus.
«Und dein blaues Auge?»
«Hingefallen», sagte sie.
Erst jetzt bemerkte er, dass sie ihre neue Pauli-Jacke nicht anhatte.
«Und die Lederjacke?»
«Die hab ich zu Hause gelassen», sagte sie und drehte ihm abrupt den Rücken zu. Das Gespräch war beendet für sie.
Manuel versuchte im Laufe des Nachmittags noch einige Male, mit Elif zu reden. Er spürte natürlich, dass da irgendetwas nicht stimmte. Aber Elif blieb stumm. Sie redete kein Wort mehr mit ihm.

Am nächsten Tag in der Schule mied Daniela Manuel wieder. Aber er merkte, dass sie ihn weiter beobachtete.
Manuel kümmerte sich nicht um Daniela. Er war zu aufgeregt. Heute Nachmittag würde er zu Icky fahren und das erste Mal auf Andy Dunns Gitarre spielen. Na ja, spielen konnte man das wohl

nicht nennen. Kennen lernen würde er sie. Ihren Klang testen, sich mit ihr vertraut machen, erste Griffe ausprobieren. Gestern nach dem Job war er noch mal schnell auf dem Fahrrad ins Guitar City geflitzt und hatte sich einen Gitarren-Lehrgang gekauft. Er hatte das Heft jetzt unter dem Tisch und versuchte, sich mit Wörtern wie Zargen, Steg, Decke, Schallloch, Hals und Sattel vertraut zu machen, während die Englischlehrerin neue Vokabeln an die Tafel schrieb.

Nach der sechsten Stunde stand Daniela plötzlich vor seinem Tisch. Manuel verstaute gerade den Gitarren-Lehrgang und ein paar andere Sachen in seinen Rucksack.

«Hier.» Sie legte eine große Karstadt-Tüte vor ihn hin.

Bevor Manuel reagieren konnte, machte sie kehrt und verließ den Klassenraum.

In der Plastiktüte war eine schwarze Lederjacke. Als Manuel sie herauszog, sah er, dass in großen weißen Buchstaben «Pauli» auf ihren Rücken gedruckt war.

Manuel breitete die Jacke auf dem Tisch aus und sah ins Innenfutter.

Scheiße!

Der lange Schnitt in dem glänzenden schwarzen Stoff war inzwischen mit sorgfältigen Stichen wieder zusammengenäht worden. Es war Elifs Jacke.

Manuel stopfte die Jacke mit spitzen Fingern in die Plastiktüte zurück. Am liebsten hätte er sie überhaupt nicht berührt. Dann stürzte er aus der Klasse.

Er rannte die Treppen hinunter, suchte auf dem Schulhof, dann vor der Schule und schließlich auf den Korridoren. Aber Daniela war nirgends zu sehen.

Scheiße! Scheiße! Scheiße!

Die ganze Zeit hatte er eine irrsinnige Angst, dass er Elif treffen könnte. Dabei hätte Elif gar nichts gemerkt. Er hatte sich die Tüte so unter den Arm geklemmt, dass nichts herausguckte.

Da er weder Daniela noch eines der Mädchen aus ihrer Gang fand, blieb ihm nichts anderes übrig, als die Lederjacke erst mal mit nach Hause zu nehmen. Aber er wollte sie loswerden. Noch heute.

Es war viel schlimmer als bei der Flasche Whisky aus dem Supermarkt. Die hatte er eigentlich nur deshalb in den Papiercontainer geworfen, weil er keine Lust hatte, sich in eine Klau-Geschichte reinziehen zu lassen. Aber er hätte nicht wirklich Probleme gehabt, den Whisky zu behalten. Der gehörte ja nicht dem Bremke. Der musste das ja nicht aus seiner eigenen Tasche bezahlen, wenn der Whisky weg war. Der Whisky aus dem Supermarkt gehörte irgendeiner Aktiengesellschaft vielleicht. Für die war das Schwund, wenn was fehlte. Normale Geschäftskosten. Das war alles in die Preise mit einkalkuliert. Das bezahlte man alles an der Kasse mit.

Aber mit der Lederjacke, das war anders. Die gehörte Elif. Elif hatte monatelang dafür gespart. Wie glücklich sie über ihre Pauli-Jacke gewesen war!

Nein, das war ganz anders.

Das blaue Auge fiel ihm ein. Die roten Schürfspuren an Elifs Knie und an ihrem Unterarm.

Sie hatten ihr die Jacke mit Gewalt weggenommen, sie nicht einfach nur abgezogen. Bestimmt hatte Elif um ihre Jacke gekämpft.

Manuel hatte sich den ganzen Vormittag darauf gefreut, gleich nach der Schule zu Icky zu fahren. Aber jetzt hoffte er, dass sein Vater anrief und ihm mitteilte, Elif sei wieder nicht gekommen. Oder habe sich krank gemeldet. Möglichst gleich für die ganze Woche. Mindestens fünfmal kontrollierte er, ob sein Handy wirklich eingeschaltet war. Aber sein Vater meldete sich nicht.

Das bedeutete, dass Elif pünktlich ihren Dienst angetreten hatte.

Manuel war an diesem Nachmittag als Zweitkraft eingeteilt, für 16 Uhr, zum Beginn der Feierabend-Stoßzeit.
Aber wie sollte er Elif gegenübertreten, solange ihre Pauli-Jacke hier in seinem Zimmer lag?
Lustlos kaute er auf den Fischstäbchen herum. Er hatte sie in der Pfanne mit ein wenig Olivenöl gebraten. Dazu aß er eine Scheibe Schwarzbrot. Den Reis, den seine Mutter ihm hingestellt hatte, ließ er stehen. Er hatte keinen Hunger heute. Er hatte auch keine Lust, Fragen zu beantworten. Die würden bestimmt kommen, wenn der Reis heute Abend noch im Kühlschrank stand. Seine Mutter hatte ihm gegenüber ein schlechtes Gewissen, weil sie so oft in der Tankstelle an der Kasse saß. Und zu wenig Zeit für ihn hatte.
Manuel schüttete den Reis ins Klo.

An der Wohnungstür in der Seilerstraße stand jetzt «Sommer». Manuel klingelte trotzdem. Er wusste noch genau, dass er hier damals Danielas Geburtstag gefeiert hatte.
Eine blonde Frau öffnete einen Spaltbreit. Das einladende Lächeln erstarb auf ihrem geschminkten Gesicht und sie sah ihn amüsiert an. «Du? Du bist doch noch gar nicht trocken hinter den Ohren.»
Manuel wurde rot und stotterte vor Verlegenheit. Der Spalt war breiter geworden. Die Frau hatte schwarze Dessous an, sonst gar nichts. «Entschuldigung. Ich wollte zu ...»
«Sandra?», unterbrach sie ihn. «Wirklich? Macht sie es mit Kids? Aber sie ist nur noch nachts hier, weißt du. Wir haben die Schicht getauscht.» Sie lächelte plötzlich wieder. «Wie viel Geld hast du denn mit?»
Das wurde ja immer schlimmer. Manuel schüttelte verwirrt den Kopf. Dann machte er auf dem Absatz kehrt und stürzte mit seiner Tragetasche wieder die Treppe hinunter.

Als er vor dem Haus stand, fand er, dass er sich ziemlich albern benommen hatte. Er machte noch einmal kehrt und klingelte an einer Wohnungstür im Erdgeschoss. Eine Frau in Jeans öffnete ihm.
«Die Sanders?», wiederholte sie. «Ja, sicher erinnere ich mich an die. Sie haben direkt über mir gewohnt. Aber vor zwei Jahren sind sie weggezogen. Moment, ich habe die neue Adresse an meiner Pinnwand in der Küche.»
Manuel überquerte wieder die Reeperbahn, fuhr die Davidstraße hinauf und kurvte in der Bernhard-Nocht-Straße vorsichtig zwischen den bunten Holzindianern und den spindeldürren schwarzen Statuen vor Harrys Bazar hindurch. Auf der gegenüberliegenden Straßenseite schloss er sein Fahrrad an einen Laternenmast an.
Das alte Mietshaus, in dem die Sanders jetzt wohnten, sah genauso aus wie die anderen in der Straße, ein bisschen schäbig und heruntergekommen. Ein penetranter Geruch nach altem Speiseöl, gedünstetem Kohl und Pisse schlug Manuel im Treppenhaus entgegen. An allen Briefkästen waren die Blechtürchen unten aufgebogen. Auf dem Fußboden lagen stapelweise Anzeigenblätter und zerfledderte Prospekte von Möbel- und Teppichhäusern herum.
Manuel stieg bis ganz nach oben hinauf. Dort gab es statt der zwei Türen wie in den anderen Stockwerken nur eine einzige. Am Holzrahmen war mit einer Heftzwecke ein vergilbter Zettel befestigt, auf den jemand mit Kugelschreiber geschrieben hatte: Ben O. Sander.
Manuel drückte auf die schäbige Klingel.
Niemand öffnete.
Manuel glaubte, drinnen Schritte zu hören, zuerst leichtere wie von einer Frau, dann schwerere Männerschritte. Vielleicht waren da auch Stimmen, aber sie konnten ebenso gut aus einer der Wohnungen im Stockwerk darunter kommen.

Ob die alte Plastikklingel überhaupt funktionierte? Manuel wollte gerade mit dem Fahrradschlüssel an die Tür klopfen, als sie plötzlich völlig geräuschlos aufschwang und den überraschenden Blick auf einen matt schimmernden weißen Marmorboden freigab, der hinter der abgetretenen braunen Schwelle begann. Stärker hätte der Kontrast zu dem versifften Kiez-Treppenhaus kaum sein können.

«Ja?» Der Mann, der geöffnet hatte, schien offenbar im Begriff zu sein, das Haus zu verlassen. Er trug Jeans mit scharf hervortretenden Bügelfalten, ein bunt gemustertes Hemd, das am Hals nicht zugeknöpft war, und ein schwarzes Jackett in der Hand. Seine Haut war so braun, als käme er direkt aus dem Urlaub. Sein blondes Haar war millimeterkurz geschoren. Dazu trug er einen Fünftagevollbart.

An der weißen Wand hinter dem Mann hing ein riesiges Bild in einem breiten Goldrahmen, ein echtes Gemälde offenbar, von dem Manuel, über die Schulter des Mannes hinweg, die großen schwarzen Augen eines hohlwangigen indischen Mädchens anblickten, das einen roten Sari trug. Es erinnerte Manuel an das Porträt eines Südsee-Mädchens, das er in der Kunsthalle gesehen hatte, als sie mit Frau Dr. Röggelein dort gewesen waren.

Das lächelnde Gesicht des Mannes, mit der breiten Nase und der hohen Stirn, kam Manuel merkwürdig bekannt vor. Der Mann musste Danielas Vater sein.

«Ist Daniela da?», fragte Manuel.

«Daniela?»

Manuel kam sich ein paar Zehntelsekunden lang so vor, als habe er das falsche Stichwort genannt. Aber er musste sich getäuscht haben. Die steile Falte, die sich für einen Moment über der breiten Nase in die Stirn des Mannes gegraben hatte, verschwand wieder.

«Komm rein.» Danielas Vater ergriff Manuel kumpelhaft am Arm und zog ihn in die Wohnung. «Ich geh mal voran.»
Benno Sander warf sein Jackett im Vorbeigehen auf eine alte Truhe. Manuel folgte ihm den Flur entlang, an der weit geöffneten Tür zur Küche vorbei durchs Wohnzimmer. Mit jedem Schritt wurde ihm unbehaglicher.
Die riesige Küche sah aus wie bei den Superreichen im Fernsehen, ebenfalls mit schneeweißem Marmorfußboden, mit chromblitzendem, doppeltürigem Ami-Kühlschrank mit eingebautem Eiswürfelspender und massenhaft Edelstahlutensilien an den Wänden. Im Wohnzimmer gab es einen Kamin, in dem man fast stehen konnte, und noch mehr Gemälde. Fast alle zeigten Schiffe und Häfen oder exotische Mädchen. Plötzlich fiel Manuel ein, woher er Herrn Sander kannte. Klar, das war der Typ, der auf Hamburg 1 den ‹Hafen-Report› moderierte. Gelegentlich hatte er ihn in der großen Tiefgarage neben der Tankstelle gesehen, wo er seinen schwarzen Porsche abstellte.
Manuel staunte. Das Wohnzimmer war größer als ihre ganze Wohnung. Danielas Vater durchquerte den Raum und öffnete eine Glastür. Sie betraten einen riesigen Dachgarten. In dicken rötlichen Tonbehältern wuchsen Bambusbüsche und junge Bäume. Beeindruckt sah Manuel sich um. Von hier oben hatte man einen atemberaubenden Blick über die Elbe und den Hafen mit dem kühnen Bogen der Köhlbrandbrücke im Hintergrund.
Benno Sander lehnte sich an das Stahlgeländer, das die Terrasse zur Elbe hin abschloss und musterte Manuel.
«Da unten der Grieche», sagte er dann und zeigte über die Schulter auf einen Container Carrier, der von zwei Schleppern elbabwärts gezogen wurde, «der fährt jetzt nach Südostasien. Wenn man da mitfahren könnte, was? Ach, übrigens, ich bin Benno Sander, Danielas Vater. Wir kennen uns noch nicht, oder?»

Manuel war drei Schritte vom Geländer entfernt stehen geblieben. Er wurde immer verlegener. Er stotterte fast, als er seinen Namen nannte.

«Dani liebt diesen Blick. Woher kennt ihr euch eigentlich?»

«Aus der Schule. Wir sind in derselben Klasse.»

«Find ich nett, dass du sie mal besuchen kommst. Wollt ihr zusammen Schularbeiten machen? Nein, Unsinn. Du bist ihr neuer Freund, stimmt's? Mir kannst du's ruhig sagen.» Er zeigte lächelnd auf die Wand zum Wohnzimmer. Sie war ganz aus Glas. «Wir haben hier keine Geheimnisse voreinander.»

Manuel drückte unwillkürlich die Karstadt-Tüte mit der Lederjacke fester an sich. Er war verwirrt. Irgendwie kam ihm dies alles so unwirklich vor. Er hatte keine Ahnung gehabt, dass Daniela so reich war. Diese Leute mussten ja geradezu in Geld schwimmen.

Plötzlich setzte sich noch ein anderer Gedanke in seinem Kopf fest: Wenn Elif Daniela die Jacke abgezogen hätte, okay. Aber umgekehrt?

Danielas Vater war die kleine Bewegung mit der Tragetasche nicht entgangen. «Hast du Dani was mitgebracht? Ich gebe es ihr.»

Er streckte die Hand aus.

Manuel schüttelte den Kopf. Gleichzeitig wich er noch weiter zurück. Das dünne Geländer machte ihm Angst.

«Zeig doch mal her.» Herr Sander machte drei schnelle Schritte und zog die Tüte unter Daniels Arm hervor. «Oder bin ich zu neugierig? Berufskrankheit, weißt du. Wir Reporter leben davon, dass wir überall unsere Nase reinstecken. Oder ist es was Peinliches?»

Manuel schüttelte wieder den Kopf.

Herr Sander öffnete schon die Karstadt-Tüte und zog die Pauli-Jacke heraus.

«Die hab ich gerade vom Schneider geholt», behauptete Manuel. «Meine Mutter kann nicht nähen.»

«Was war denn damit?»

«Nur ein Schnitt im Futter», antwortete Manuel.

Danielas Vater faltete die Lederjacke auseinander und suchte so lange, bis er die Naht gefunden hatte. Danach legte er die Jacke achtlos zusammen und warf sie Manuel zu.

«Dani ist nicht da. Und ich müsste auch längst weg sein.»

Plötzlich musste alles mit Tempo gehen. Manuel war ziemlich außer Atem, als Danielas Vater sich vor der Haustür mit einem Schulterklopfen von ihm verabschiedete. Er hatte immer zwei Stufen auf einmal genommen.

Herr Sander stieg in einen zerkratzten schwarzen Golf und rauschte davon. Manuel sah, dass er die Hand durchs Schiebedach hochreckte und winkte. Ihm fiel ein, dass er den alten Golf auch schon ein paar Mal gesehen hatte. Herr Sander fuhr damit manchmal in die Tiefgarage und kam mit dem Porsche wieder heraus. Klar, der wollte sich seinen Porsche nicht auch noch zerkratzen lassen.

Während Manuel zurückwinkte, beneidete er Daniela ein bisschen um ihren Supervater, der sogar im Fernsehen auftrat. Oben im Wohnzimmer hatte er im Vorbeigehen eine Sammlung von Fotos in Silberrahmen entdeckt. Auf einem war Benno Sander mit dem Ersten Bürgermeister von Hamburg zu sehen gewesen.

Aber als er die Jacke wieder in die Plastiktüte zurückstopfte, spürte er ein Unbehagen. Irgendwas war falsch an Danielas Vater.

Er klemmte die Tasche mit der Jacke wieder auf seinen Gepäckträger.

Scheiße!

Jetzt war er das verdammte Ding immer noch nicht los. Vielleicht hätte er sie doch Danielas Vater geben sollen.

Scheiße! Scheiße! Scheiße!

Über eine Stunde lang kurvte er über den Kiez. Dann fragte er sich,

warum er eigentlich nicht zu Icky gefahren war und dort Gitarre geübt hatte. Jetzt war es zu spät.
Und diese verdammte Jacke? Was sollte er jetzt damit machen?
Als er um 16 Uhr auf der Betonfläche neben der Tankstelle stoppte, steckte Elif bis zum Gürtel in einem schwarzen Alfa und wischte die Heckscheibe trocken.
Manuel nahm die Karstadt-Tüte vom Gepäckträger und tippte Elif von hinten auf ihren runden Magnum-Hintern.
Elifs Laune schien sich noch nicht gebessert zu haben. «Lass mich in Ruhe!», rief sie.
«Überraschung!», sagte Manuel.
«Mein Bedarf an Überraschungen ist erst mal für 'ne Weile gedeckt», antwortete sie und versuchte mit dem Ledertuch in die linke obere Rundung zu kommen.
Manuel zog die Lederjacke aus der Plastiktüte, faltete sie auseinander und schwenkte sie einladend vor der Rückscheibe des schwarzen Alfa hin und her.
Elif erstarrte.
Wie der Blitz war sie aus dem engen Wagen heraus. Der Fleck unter ihrem Auge war nicht mehr blau, sondern violett und grün.
«Eins muss klar sein», sagte Manuel. «Ich beantworte keine Fragen, woher ich die Jacke habe.» Er hielt ihr die Jacke hin.
Elif wich zurück. Sie hob abwehrend die Hände. «Du glaubst doch wohl nicht, dass ich sie zurücknehme.»
«Klar, sie gehört doch dir. Hier!» Er zeigte ihr die Naht im Innenfutter.
Elif war sehr blass im Gesicht. Sie schüttelte heftig den Kopf.
«Nein», sagte sie. Das Ledertuch glitt ihr aus der Hand, aber sie merkte es gar nicht. «Nein, die nehm ich nicht zurück. Auf keinen Fall. Ich bin doch nicht lebensmüde, Mann.»

Sechs Sätze für mein Hasstagebuch (um erst mal in Fahrt zu kommen, und sechs, weil das die Zahl des Teufels ist, hat die Röggelein mal gesagt):

sechs

Ich hasse Angeber.
Ich hasse Lügner.
Ich hasse Schisser.
Ich hasse Schnuller.
Ich hasse Nichtraucher.
Ich hasse Kurzhaardackel.
Ich hasse Tennissocken.
He, das sind schon mehr als sechs. Fortsetzung folgt. Morgen.

sieben

Samantha schämte sich vor sich selbst, als sie in der großen Pause an den Lehrerfächern entlangschlenderte. Sie kam sich feige vor. Doch es gab keine andere Möglichkeit. Jedenfalls hatte sie keine gefunden.
Aber sie musste endlich etwas tun. So jedenfalls hielt sie es nicht länger aus. Und andere merkten es auch schon.
Gestern Abend war ihre Mutter noch einmal in ihr Zimmer gekommen und hatte sich zu ihr auf die Bettkante gesetzt.
«Du gefällst mir nicht, Sammy. Du bist so blass. Und du isst auch nicht richtig. Fehlt dir wirklich nichts?»
Samantha hatte den Kopf geschüttelt, vielleicht ein bisschen zu heftig.
Ihre Mutter hatte noch besorgter ausgesehen. «Ist in der Schule wirklich alles in Ordnung? Du erzählst gar nichts mehr in letzter Zeit.»

Diesmal hatte Samantha sich besser unter Kontrolle gehabt. Sie hatte gelächelt und geantwortet: «Alles bestens, Mam. Mir graut nur ein bisschen vor der Mathearbeit übermorgen. Bruchrechnung, stöhn!»

Ihre Mutter hatte sich über sie gebeugt und ihr einen Kuss gegeben. «Das schaffst du schon, Sammy.»

Doch an der Tür war sie stehen geblieben und hatte einen langen Blick auf ihre Tochter geworfen.

Samantha hatte gelächelt und gleichzeitig gedacht: Ich muss da raus. So geht das nicht weiter.

Aber was immer sie auch tat, es funktionierte nicht, jedenfalls nicht so, wie sie es sich wünschte.

Sie hätte gern noch ein bisschen gelesen. Aber sie machte schnell das Licht aus. Sie wollte nicht, dass ihre Mutter ein zweites Mal zu ihr hereinschaute.

Sie fürchtete, dass sie ihr dann doch alles erzählen würde, diese ganze idiotische Geschichte mit den beiden Zwanzigern, die Daniela Sander ihr weggenommen hatte. Samantha wusste immer noch nicht, wie ihr das hatte passieren können. Ich bin doch sonst nicht so bescheuert, dachte sie.

Aber es war geschehen. Daran gab es nichts zu deuteln.

Und eigentlich war alles ganz einfach. Samantha hatte keinen Zweifel daran, dass ihre Mutter voll und ganz hinter ihr stehen würde. Sie würde voller Empörung die Röggelein anrufen, nein, in diesem Fall würde sie sich wohl gleich an Herrn Oltmanns wenden, den Schulleiter.

Dann gab es zwei Möglichkeiten. Herr Oltmanns würde eine große Untersuchung einleiten und alle Beteiligten würden ausführlich angehört werden. Oder die ganze Sache würde als bedauerliches Missverständnis unter den Teppich gekehrt werden. Wahrscheinlich Letzteres, dachte Samantha.

Herr Oltmanns mochte keine negativen Schlagzeilen über seine Schule. Er war lieber mit dem ersten Platz im Vorlesewettbewerb in der Zeitung.

Für sie selbst kam in beiden Fällen sowieso dasselbe heraus. Egal wie sehr ihre Mutter sich ins Zeug legen würde, sie stand vor der gesamten Schule als Petze da. Das war schon peinlich genug.

Aber es kam noch ein weiterer Punkt hinzu. Daniela und ihre Freundinnen würden natürlich behaupten, dass sie keinen einzigen Pfennig von ihr erhalten hätten.

Vier gegen eine stand es dann.

Wenn sie zu Frau Dr. Röggelein ging, war es ähnlich. Nur dass sie nicht sicher sein konnte, dass die Röggelein ihr wirklich glaubte. Sie musste natürlich abwägen. Und Daniela mit ihrem verflixten Charme, den sie an- und ausknipsen konnte wie eine Taschenlampe, würde die Lehrerin vermutlich einwickeln.

Da bleibt hundertprozentig was an mir hängen, dachte Samantha nüchtern. Überhaupt wirkte diese ganze Geschichte ja irgendwie kleinkariert. Was immer Samantha auch machte, am Ende konnte sie nur verlieren.

Zweimal 20 Mark, dachte sie. Viel Geld für sie, aber trotzdem: lächerlich.

Genau diese Überlegung hatte sie, als sie in dieser Nacht das vierte oder fünfte Mal aus einem unruhigen, traumreichen Schlaf aufwachte, auf eine Idee gebracht.

Was wollte sie denn eigentlich? Dass dieser ganze Mist aufhörte.

Und wenn sie mit den anderen aus der Klasse redete? Sie war schließlich Klassensprecherin. Sie hatten sie gewählt. Es war ihr Job, sich für andere einzusetzen, wenn irgendwo was schief lief.

Aber hier ging es nicht um andere, sondern um sie selbst. Daniela Sander schikanierte die Klasse ja schließlich nicht erst seit gestern. Plötzlich erinnerte sich Samantha daran, wie Daniela und ihre

Gang wochenlang Tina gepiesackt hatten. Und dann hatte das auf einmal aufgehört. Es hatte Gerüchte gegeben, dass Tina jetzt Schutzgeld an die Gang zahlte.

Quatsch, hatte Samantha damals gedacht. Wir sind hier doch nicht bei der Mafia.

Inzwischen war sie sich nicht mehr sicher, ob das mit dem Schutzgeld nicht doch stimmte.

Das krieg ich raus, dachte sie.

Aber vorher musste sie sich selbst aus der Schusslinie bringen. Sie würde versuchen, Daniela Sander mit ihrer Intrige ins Leere laufen zu lassen, und das bedeutete, sie musste der Röggelein ihr Geld zurückgeben, bevor die groß Fragen stellte.

Samantha hatte auf einen Briefumschlag getippt: Vielen Dank für das Geld.

Dann konnte Frau Dr. Röggelein auch nicht an der Handschrift erkennen, von wem der Brief war.

Samantha musste über sich selbst grinsen, als sie jetzt auf das Fach von Frau Dr. Röggelein zuging.

Es war ihr verdammt schwer gefallen, nicht ihren Namen unter die getippte Zeile auf dem Umschlag zu setzen. Sie war eben eine verflucht schlechte Intrigantin. Sie kam sich fast wie eine Verbrecherin vor mit ihrem anonymen Brief, der doch nichts weiter enthielt als einen Zwanzigmarkschein.

Noch ein schneller Blick in die Runde.

Kein Lehrer in Sicht.

Samantha ließ den Briefumschlag in Frau Dr. Röggeleins Fach gleiten und ging weiter.

Noch drei Wochen bis zu den Sommerferien. Die Lehrer hatten mit ihren Zeugniskonferenzen und Reiseplänen zu tun.

Mit ein bisschen Glück würde Frau Dr. Röggelein den Zwanni einstecken und die ganze Angelegenheit vergessen.

Also gut, noch sechs Hasssätze:
Ich hasse Petzer.
Ich hasse es, fotografiert zu werden. Wie du wieder kuckst! Lächel doch mal. Kotz!

acht Ich hasse meine Mutter. Nein, das stimmt nicht. Ich hasse nicht sie, ich hasse nur das, was aus ihr geworden ist.
Früher war sie ganz anders. Da haben wir uns manchmal schon morgens stundenlang beim Frühstück verklönt. Richtig gemütlich war das. Mama qualmte eine nach der anderen und drückte ihre Zigaretten auf dem Teller aus. Ich hatte Hannes auf dem Schoß. Meine Hand lag ganz ruhig auf seinem Fell und ich spürte sein Schnurren in den Fingern. Ich musste aufpassen, dass meine Hand nicht aus Versehen verrutschte und Hannes' Bauch berührte. Dann fuhr der Kater erschrocken zusammen und schlug seine Krallen in meinen Arm. Monatelang bin ich mit langen roten Kratzern am Unterarm rumgelaufen, bis ich endlich gelernt hatte, Hannes Empfindlichkeiten zu respektieren.
Natürlich konnten wir das nur am Wochenende machen. Die Woche über musste Mama ja in die Schule. Sie ist Lehrerin. Damals war sie es jedenfalls noch. Inzwischen hat sie aufgehört in der Schule. Inzwischen ist alles anders geworden.
Sogar Hannes ist weg.
Aber darüber kann ich nichts schreiben. Noch nicht. Jedenfalls nicht, ohne zu heulen.
Aber ich will nicht heulen. Ich will nie mehr heulen. Heulen macht einen schwach.
Ich hasse Schwäche.
Ja, genau, das ist ein guter Hasssatz.
Ich hasse Schwäche.
Den kann ich gar nicht oft genug schreiben. Ich hab ja bei Mama

gesehen, was dabei rauskommt, wenn man schwach ist. Wer nicht stark ist, wird untergebuttert. So ist das nun mal.
Früher war Mama meine beste Freundin. Jetzt hört sie mir gar nicht mehr richtig zu, wenn ich ihr was erzähle. Als ob sie ganz woanders wäre und gar nicht wirklich mitbekäme, was um sie herum passiert. Manchmal glaube ich, sie nimmt Tabletten oder so was.
Kacke, das sind doch auch wieder keine Hasssätze!
Vielleicht ist es ja doch keine so tolle Idee, Hasssätze ins Tagebuch zu schreiben. Obwohl die ja eigentlich nur so aus mir rausfließen müssten.
Als sie diese drei Jungen in Bayern verhaftet haben, die auf ihre Lehrerin schießen und sie ganz langsam verbluten lassen wollten, haben wir in der Klasse darüber geredet, wie schlimm das sei. Alle haben sich aufgeregt. Ich hab lieber gar nichts gesagt. Ich hab Sonja nur zugeflüstert: «Wetten, dass Mädchen das auch können?»
Sonja hat gekichert und mir ein paar Minuten später einen Zettel rübergeschoben: «Klar», hatte sie geschrieben. «Aber woher kriegen wir die Pistole?»
«Kein Problem», hab ich leise geantwortet, und sie hat mich mit ihren großen Kuhaugen ungläubig und voller Respekt angesehen.
«Echt?»
«Echt», hab ich geantwortet.
Benno hat eine Pistole. Als er noch Kapitän war, hat er sie gebraucht, weil Schiffe in manchen Gegenden von Piraten überfallen werden. Als er an Land kam, hat er die Waffe von Bord geschmuggelt und sie versteckt.
Aber ich weiß, wo die Pistole ist. Sie liegt in seinem Arbeitszimmer in der untersten Schreibtischschublade, hinter sei-

nen Seekarten. Munition ist auch dabei, mindestens 50 Patronen.

Die Leute tun immer so, als ob nur Jungen zuschlagen können. Aber Mädchen können das auch. Ich bestimmt.

Auch wenn ich im Moment gar nicht wüsste, auf wen ich schießen sollte. Auf die Röggelein? Im Grunde finde ich sie ganz nett. Jedenfalls ist sie nicht schwach. Die wirkt nur manchmal so. In Wirklichkeit ist die steinhart. Die schiebt so leicht keiner zur Seite.

Aber wenn die mir mal richtig dumm kommt, in einer Sache, in der es wirklich um was geht für mich, also, garantieren würde ich da für nichts. Da könnte es schon passieren, dass ich sie umlege.

Im Grunde ist es doch ganz einfach, finde ich. Jeder muss für sich selbst entscheiden, wie er leben will, als Winner oder als Loser.

Und eins steht fest: Ich werde kein Loser.

Wahrscheinlich will das keiner gern sein. Bestimmt wollen alle zu den Siegern gehören.

Wer will schon gern Verlierer sein?

Ich jedenfalls nicht.

Aber wenn alle Sieger sein wollen, muss man schon ganz schön tief in die Trickkiste greifen, damit man am Ende wirklich diejenige ist, die als Erste durchs Ziel geht.

Ich seh das doch bei Benno. Als er damals den Kapitänsjob aufgab, hatte er ziemlich viel Geld gespart, um einen neuen Anfang an Land hinzubekommen. Journalist wollte er werden. Schifffahrtsexperte. Da kannte er sich ja aus.

Aber keine Zeitung hat ihm einen Job gegeben. Deshalb hat er erst mal als Reporter für alles angefangen, um einen Fuß in die Tür zu kriegen. Zum Glück konnte er schon ein bisschen fotogra-

fieren. Er hat sich eine superteure Kamera gekauft und sich in Mamas Polo im Hafen herumgetrieben, immer auf der Suche nach guten Geschichten.
Aber er kam immer zu spät, wenn irgendwo richtig was los war. Dann waren meistens die anderen Reporter schon vor ihm da. Seine Ersparnisse waren fast aufgebraucht, als er endlich kapierte, wie das Spiel lief. Die anderen hörten den Polizeifunk ab. Das ist verboten, aber sie machten es trotzdem.
Meinem Vater war es fürchterlich peinlich, dass er das nicht mitbekommen hatte. Deshalb hatten die Kollegen also immer so überheblich gegrinst, wenn er wieder mal als Letzter an einem Schauplatz eintraf.
Aber er hat das Ruder dann rigoros rumgerissen.
Er hat Mamas Polo verkauft und sich eine Enduro angeschafft. Außerdem hat er sich einen erstklassigen Empfänger für den Polizeifunk gekauft und eine superleichte Filmkamera.
Eine Woche später wurde sein erster Filmbeitrag von Hamburg 1 gesendet. Ich weiß nicht mehr genau, worum es ging, um einen Unfall mit einem Kran, glaube ich, bei dem ein Arbeiter eingeklemmt wurde. Benno auf seiner Maschine war als Erster am Schauplatz und hat die Rettungsarbeiten gefilmt.
Von da an ging es Schlag auf Schlag. Benno machte ein Büro im Hafen auf und saß nicht mehr selbst auf dem Motorrad. Er heuerte junge Fahrer an, die er per Handy dirigierte. Nebenbei baute er eine Filmfirma auf und begann, für das Fernsehen Filme über internationale Häfen zu produzieren. Schließlich bekam er seine eigene Sendung, den ‹Hafen-Report›.
Mama und ich kriegten davon zuerst kaum was mit. Erst als er mit diesen Leuten ins Geschäft kam, die die Hamburg-Docks durchsetzen wollten, änderte sich das.
Alles wurde anders für uns.

Benno war inzwischen ein bekannter Mann geworden in der Stadt, und er hatte sich schnell daran gewöhnt, auf der Überholspur zu leben. Wenn die nicht frei war, überholte er eben rechts und drängelte den Vordermann einfach weg.
Mama und ich erfuhren von dem Umzug erst ein paar Tage vor dem Termin. Er hatte uns nicht mal erzählt, dass er die alte Wohnung schon vor Monaten gekündigt hatte.
«Keine Panik, Kinder.» Er sah uns begeistert an. «Ihr braucht nicht groß zu packen. Der alte Krempel fliegt sowieso auf den Müll.»
Die neue Wohnung war vollständig eingerichtet. Stühle, Tische, Betten, Lampen, Bilder – alles war von einer berühmten Innenarchitektin ausgewählt und aufeinander abgestimmt worden.
Mama wurde ganz still, als sie die Wohnung das erste Mal sah.
Ich war hingerissen.
Der absolute Hammer war das.
Erst nach dem Einzug hab ich kapiert, worauf ich mich da eingelassen hatte.
Benno war wie der Teufel dahinter her, dass alles so blieb, wie es war. Einmal erwischte er mich dabei, wie ich in meinem Zimmer ein Poster an die Wand pinnen wollte. Er hat mich angeschrien, ob ich verrückt geworden sei. Ich hab zuerst gar nicht begriffen, was er wollte. Es ging ihm um die Löcher in seiner Luxustapete. Und außerdem passte das Poster nicht zur Einrichtung.
Mein Zimmer muss ständig tipptopp aufgeräumt sein, damit Benno es seinen Gästen vorführen kann. Freunde darf ich natürlich auch nicht einladen. Die könnte Benno schließlich nicht so anschreien wie Mama und mich, wenn ihm was nicht passt.
Ich glaube, es geht für ihn um massenhaft Kohle. Für jede Wohnung, deren Verkauf er anleiert, kriegt er Prozente, und hier geht es ja um Superluxuswohnungen. Die kosten bis zu zwei Mil-

lionen. Ich hab mir das mal ausgerechnet. Wenn Benno da nur ein Prozent bekommt, wären das schon 20000. Bei 5 Prozent sind es 100000. Pro Wohnung. Manche Leute kaufen gleich drei.
Der Trick dabei ist, dass die Leute gar nicht wissen, dass er so eine Art Hausmakler ist. Er tut immer so, als ob man ganz schwer rankommt an diese Wohnungen. Die Leute sollen denken, dass er die Kontakte aus lauter Freundschaft für sie herstellt.
Schöne Freundschaft.
Manchmal überlege ich, was Sonja, Pia und Aysche wohl sagen würden, wenn sie all den weißen Marmor hier sehen würden.
Die würden glatt in Ohnmacht fallen.
Manuel hat vorhin jedenfalls ganz schön die Augen aufgerissen, als er mit dieser bescheuerten Jacke reinkam. Ich habe ihn auf dem Monitor meines Computers beobachtet. Das geht ganz einfach bei uns. Benno hat in sämtlichen Räumen Mikrofone und Kameras installieren lassen. Die Kameras sind echt winzig, nicht größer als zwei Mensch-ärgere-dich-nicht-Spielfiguren. Nicht mal meine Mutter weiß, dass alles, was in dieser Wohnung passiert, heimlich aufgezeichnet wird.
Ich hab das auch nur durch Zufall rausgefunden. Als ich mal in mein Zimmer kam, war Benno an meinem Computer und auf dem Bildschirm war eins unserer beiden Klos zu sehen. Ein Mann saß mit runtergelassener Hose auf der Brille und telefonierte.
Benno klickte das Bild sofort weg, als er mich bemerkte.
Aber ich hatte genug gesehen.
Dreieinhalb Tage habe ich gebraucht, dann war ich drin. Er hat ein besonderes System installiert, über das man an jedem Terminal in der Wohnung jeden Raum überwachen kann.

Er ist eben der absolute Kontrollfreak. Er will wissen, was seine Gäste miteinander reden, wenn sie sich auf der Dachterrasse mal eben in eine abgelegene Ecke zurückziehen. Er legt sogar Dateien über diese Leute an, in denen er alles festhält, was er über sie erfährt. Da ist alles Mögliche vermerkt: von den Vermögensverhältnissen über den Geburtstag der Ehefrau bis hin zu Hobbys und Reisegewohnheiten. Ich glaube, er will wirklich ALLES über seine Opfer wissen. Die Kameras und Wanzen in unserer Wohnung helfen ihm dabei, diese Informationen zusammenzutragen. Wer rechnet denn auch damit, dass er abgehört wird, wenn er auf dem Klo sitzt und mit seinem Steuerberater telefoniert? Benno ist richtig happy, wenn er so die Vorlieben und Schwächen seiner Gäste herausbekommen hat. Dann kann er sie, wie zufällig, genau auf diese Punkte ansprechen.
Auch in den Bädern sind übrigens Kameras installiert, die eine in der Deckenlampe, die andere über der Badewanne. Am liebsten würde ich den Kameras immer den Rücken zudrehen. Aber das geht natürlich nicht. Dann würde Benno misstrauisch werden. Er weiß nicht, dass ich von den Kameras weiß.
Gestern als Manuel kam, hat Benno mich in mein Zimmer eingesperrt. Er wollte allein mit Manuel reden. Es kommt ja wirklich nicht oft vor, dass mich jemand besucht. Da wollte er natürlich unbedingt rauskriegen, worum es ging.
Ich hatte echt Schiss, dass Manuel mich wegen der Jacke reinreißt.
Deshalb bin ich gleich an den Computer gestürzt und hab die beiden auf meinem Monitor durch die Wohnung verfolgt.
Aber Manuel war echt cool. Ich hätte ihn knutschen können, als er das mit der Naht sagte.
Meine Mutter kann nicht nähen! Hihi! Genial.
Und Benno ist voll drauf reingefallen.

Zum Glück.
Mein Vater darf nie erfahren, was ich mit der Gang so mache.
Dass wir klauen und so. Das wäre ein hässlicher Fleck auf seiner weißen Weste. Und das duldet er nicht.
Die Gang muss mein Geheimnis bleiben.
Wenn er davon je erfährt, passiert garantiert was.
So wie das, was er mit Hannes gemacht hat.
Da ist er eiskalt.

PS:
Ich glaube, Pia will nicht mehr mitmachen. Sie redet neuerdings so komisch. Dass sie mehr Zeit für die Schule braucht und so.
Und dass sie mal Abi machen will.
Aber das gibt Zoff.
Die soll bloß nicht glauben, dass man aus unserer Gang so einfach aussteigen kann wie aus dem Turnverein.

neun

Am nächsten Morgen war Daniela nicht in der Schule. Manuel nahm an, dass sie wieder mal zu spät kommen würde. Er zog den halben Vormittag mit der Karstadt-Tüte herum. Dann fiel ihm ein, dass man in dem Raum neben der Pausenhalle ein Schrankfach mieten konnte. Er holte sich gegen 5 Mark Pfand einen Schlüssel im Sekretariat und schloss die Pauli-Jacke ein.

Am Tag darauf erschien Daniela pünktlich zum Unterricht. Manuel wartete bis nach Schulschluss. Dann fing er sie an den Fahrradständern ab.

«Hier!» Er warf ihr die Tragetasche zu. «Die will ich nicht.»

Daniela reagierte überhaupt nicht. Sie ließ die Tasche von ihrem Arm abprallen. Sie fiel auf den Asphalt, rollte ein Stück zu Manuel zurück und blieb ziemlich genau in der Mitte zwischen ihnen liegen.

«Wenn sie dir nicht passt, besorg ich 'ne andere», sagte Daniela.

«Ich will auch keine andere Jacke.»

«Was dann?»

«Das hab ich doch schon gesagt.» Langsam nervte sie wirklich. «Du brauchst überhaupt nichts für mich zu klauen.»

Sie sah ihn nachdenklich an. Ihm wurde unbehaglich unter diesem Blick. Auf ihrem Gesicht malte sich Unwillen ab. Jede Wette, dass sie ihn jetzt endgültig für einen Schnuller hielt.

Aber ganz plötzlich begann sie zu lächeln.

«Dann zeig ich dir was», sagte sie.

«Was denn?»

«Komm mit.» Sie schwang sich aufs Fahrrad.

Sie ließ die Jacke einfach liegen. Manuel hob sie auf und klemmte sie auf seinen Gepäckträger.

Scheiße!, dachte er.

Scheiße, Scheiße, Scheiße!

Trotzdem fuhr er hinter Daniela her.

Das war gar nicht so einfach. Mit einem Affenzahn fegte sie die Straße entlang, zischte bei Rot über die Reeperbahn, kurvte auf dem Bürgersteig vor dem «Oase»-Kino um ein paar Junkies herum, schaltete runter und bog nach rechts in die Davidstraße ein.

Manuel holte Daniela erst an der Davidtreppe ein. Nebeneinander rollten sie die steil abfallende Straße zu den Landungsbrücken hinunter, bogen auf den Busparkplatz ab und zogen an der Autoschlange vorbei, die vor den Pkw-Fahrstühlen des Alten Elbtunnels wartete.

Zwei Wagen waren gerade in den Fahrzeuglift gefahren. Der Mann mit der weißen Mütze, der die Zufahrt regelte, winkte sie durch. «Man to, Kinners.»
Er wartete, bis sie ihre Räder hinter dem zweiten Auto quer gestellt hatten. Dann schloss er die schweren Tore und der Lift glitt mit einem leichten Zittern und Grollen abwärts.
Manuel hatte den Alten Elbtunnel erst ein einziges Mal durchquert. Das war auf einem Klassenausflug in der Vierten gewesen. Der Lehrer hatte versucht, ihnen Landeskunde beizubringen. Daher wusste Manuel noch, dass die beiden 6 Meter breiten Röhren 1911 gebaut worden waren. Sie hatten es auf der anderen Elbseite so langweilig gefunden, dass sie sofort wieder umgekehrt waren. In ihrem Frust waren sie nicht im Gänsemarsch an den gekachelten Tunnelwänden entlanggelaufen, sondern mitten auf der Fahrbahn. Hinter ihnen hatten sich sieben oder acht Autos gesammelt. Zwei oder drei Fahrer hatten wütend gehupt, aber sie hatten sie nicht vorbeigelassen, sondern sich schlapp gelacht über die Verkehrsnachrichten, die Murat alle paar Minuten aktualisiert hatte: «Stau im Elbtunnel. In der Oströhre des Elbtunnels ist eine Schulklasse liegen geblieben. Es hat sich ein 73 Meter langer Stau gebildet ...»
Damals waren Manuel die gerade mal 426,5 Meter langen weißen Tunnelröhren endlos vorgekommen. Heute legten sie die paar Meter innerhalb von Minuten zurück, und es wäre noch schneller gegangen, wenn der graue Mercedes vor ihnen nicht so gnadenlos getrödelt hätte. Auf der anderen Seite schwenkte Daniela nach rechts und fuhr in einen offenbar erst später eingebauten großen Personenlift hinein. Sie drückte auf einen roten Knopf und der Fahrstuhl stieg mit ihnen nach oben.
Auch diesmal wirkte die Südseite des Hafens grau und abweisend auf Manuel. Aber Daniela ließ ihm keine Zeit zum Nachdenken.

Sie schwang sich aufs Fahrrad und fuhr auf der holprigen Straße am Werftgelände von Blohm & Voss vorbei. Durch den Maschendrahtzaun sah man den Werkshof mit wartenden Lastwagen, ein paar ausgedienten Containern und einem Riesenstapel alter Paletten.

Daniela schien genau zu wissen, wo sie hinwollte. Sie ließ die Werft rechts liegen, folgte der Straße am Fährkanal entlang und bog auf eine Brücke ab, auf der sie den Kanal überquerten. «Buss Logistik Terminal» las Manuel an einer Halle mit unzähligen merkwürdigen, von schwarzen Gummimatten umgebenen Toröffnungen, an die die Lastwagen rückwärts zum Beladen heranfahren konnten.

Daniela trat kräftig in die Pedale, riss am Ende des großen Truckerparkplatzes das Vorderrad hoch und schaffte noch ein paar Meter auf das angrenzende Gelände. Dann blieb sie in dem aufgeschütteten weichen Elbsand stecken und sprang ab.

«Wir nehmen die Räder besser mit», sagte sie mit einer Kopfbewegung zu den Lastwagen, von denen viele ausländische Nummernschilder hatten. «Sonst sind die morgen früh in Russland oder so.»

Sie trugen die Räder ungefähr 200 Meter weit. Kurz vor dem weißen Zeltpalast, in dem das Musical ‹Buddy Holly› aufgeführt wurde, stieg Daniela einen ziemlich steilen Hang aus schwarzen Basaltsteinen zur Elbe hinab. Sie legte ihr Rad auf die Steine und sah sich nach Manuel um.

«Bring dein Fahrrad hier runter. Dann kriegen die am Terminal gar nicht mit, dass hier jemand ist.»

Sie half ihm dabei, das Fahrrad so auf den Steinhang zu legen, dass es nicht ins Wasser rutschte. Dann richtete sie sich auf und blickte demonstrativ in die Runde.

«Na?», fragte sie erwartungsvoll.

Manuel war zuerst ziemlich enttäuscht gewesen von dem düsteren Uferplatz. Aber als er zur anderen Elbseite hinüberblickte, sah er direkt auf die Landungsbrücken mit den großen Hafenrundfahrtschiffen und der «Rickmer Rickmers». Rechts davon lagen der Niederhafen und die Überseebrücke. Hoch über der «Cap San Diego» ragte die grüne Pickelhaube des Michels in die gemächlich dahinsegelnden weißen Wattewolken, und vor diesem prächtigen Hintergrund wurde ein großer, von aufgeregt kreischenden Möwen begleiteter Container Carrier von zwei Bugsierschleppern meerwärts gezogen.

«Toll», sagte er.

«Mein Lieblingsplatz», sagte Daniela. «Hier kann ich alles sehen. Aber keiner sieht mich.»

Sie zeigte auf das Tropenkrankenhaus. Dann wanderte ihr Finger ein Stück weiter nach links.

«Dort wohnen wir. Mit einem guten Fernglas kannst du beobachten, was auf unserer Dachterrasse los ist.»

Manuel kniff die Augen zusammen, aber er konnte nicht einmal das Haus ausmachen, in dem Daniela wohnte. Er starrte trotzdem weiter auf die andere Flussseite hinüber.

Plötzlich sagte Daniela herausfordernd: «Manchmal ziehe ich mich aus und bade. Und keiner hat je was gemerkt.»

Manuel schluckte. «Ganz?»

«Ganz was?» Dann begriff sie. «Klar! Meinst du, ich setze mich hinterher mit einem nassen Slip aufs Fahrrad?»

Manuel merkte, dass er einen heißen Kopf bekam.

War sie deshalb mit ihm hierher gefahren? Wollte sie, dass sie sich beide auszogen und in der Elbe badeten?

Eine seltsame Panik erfasste ihn und er wechselte hastig das Thema. Er zeigte auf den Hapag-Lloyd-Frachter, der langsam an ihnen vorbeizog. «Eigentlich langweilig, diese Container», sagte er. «Die sehen alle gleich aus, wie rote, grüne und braune Bauklötze.»

«Quatsch! Die sind doch gar nicht gleich.» Daniela widersprach ihm heftig. «Ich kenn mindestens ein Dutzend verschiedene Containerarten. Schon die normalen gibt's in drei unterschiedlichen Längen: 20, 40 und 45 Fuß lang. Fleisch kannst du in Kühlcontainern transportieren und Schüttgut wie Malz z. B. in Bulk-Containern. Für besonders schwere Ladungen brauchst du Hardtop-Container. Die haben ein abnehmbares Stahldach, damit man sie auch von oben beladen kann. Das geht auch bei Open-Top-Containern. Aber die werden nur mit einer Plane verschlossen. Für überbreite Ladungen nimmt man Flats. Die sind an den Seiten und nach oben offen, und flüssige Chemikalien oder Lebensmittel füllt man in Tank-Container.»

Manuel staunte, wie spannend er dieses Thema plötzlich fand.

Doch Danielas Gesicht wurde ganz plötzlich abweisend und schroff. Abrupt stand sie auf.

«Komm, wir fahren weiter.»

Während sie die Räder über den Sandstreifen zum Buddy-Holly-Palast trugen, hatte er das Gefühl, etwas falsch gemacht zu haben.

Als sie auf dem Busparkplatz wieder aufstiegen, fiel die Tragetasche mit der Pauli-Lederjacke von Manuels Gepäckträger.

«Das ist Elifs Jacke», sagte Manuel.

Daniela zuckte die Achseln. «Na und? Wir hätten sie in die Elbe werfen sollen.»

«Aber Elif hat monatelang dafür bei uns an der Tankstelle gejobbt.»

Daniela sah ihn scharf an. «Wenn du dir so große Sorgen um deine Elif machst, kannst du ihr die Jacke ja zurückgeben.»

«Ich mach mir keine Sorgen», sagte Manuel.

«Machst du wohl. Die ganze Zeit redest du von Elif. Elif, Elif, Elif! Du hast was mit ihr, stimmt's?»
«Quatsch! Die ist doch viel zu dick.»
Daniela schwieg.
«Ich hab schon versucht, ihr die Jacke zurückzugeben», sagte Manuel. «Aber Elif wollte sie nicht. Sie hat Angst vor dir, glaube ich.»
«Ihr Problem», sagte sie und wandte sich ihrem Fahrrad zu.
«Du musst sie ihr zurückgeben», sagte er.
Daniela fuhr herum und starrte ihn ein, zwei Sekunden lang an. Dann tippte sie sich an die Schläfe. «Du hast sie wohl nicht alle.»
«Du hast gesagt, ich hab noch was offen bei dir. Dass ich mir was aussuchen soll.»
«Aber doch nicht so was!»
«Okay», sagte Manuel. «War nur 'n Versuch.»
Er hob die Tragetasche auf und klemmte sie wieder auf seinen Gepäckträger.
Daniela stöhnte genervt. «Also okay», lenkte sie ein. «Gib schon her.»
«Und du musst ihr sagen, dass ihr sie von jetzt ab in Ruhe lasst.»
«Du hast doch was mit ihr!»
«Quatsch.» Er legte feierlich die rechte Hand auf sein Herz. «Ich schwöre bei allen Mantelmöwen und Hafenbarkassen, dass ich Elif nie anrühren werde und nur dich ...»
Scheiße! Er spürte, dass ihm das Blut wieder in den Kopf schoss. Zum Glück hatte er gerade noch rechtzeitig die Kurve gekriegt. Verlegen fummelte er an seiner Gangschaltung herum.
Daniela tat so, als habe sie gar nichts bemerkt. Aber sie war ebenfalls rot geworden.
«Okay», sagte sie noch einmal. Sie klemmte die Lederjacke auf ihren Gepäckträger und stieg auf, ohne Manuel anzusehen.

Sie fuhr auf die Hauptstraße zurück, den Reiherdamm hinunter und dann an den verschiedenen Hafenbecken entlang. Sie schien sich hier gut auszukennen. Sie wusste genau, wo man mit dem Fahrrad bis an den Kai kam und wo man von einem brüllenden Pförtner weggescheucht wurde.

Allein die Namen der Häfen klangen wie Musik in Manuels Ohren. Hamburg Sugar Terminal. Kamerunkai. Togokai. Indiahafen. Australiakai. Manchmal wäre Manuel gern abgestiegen und hätte sich ein bisschen genauer umgesehen. Aber Daniela fuhr weiter.

Schließlich stoppte sie an einem rostigen Metalltor. Die beiden Flügel hingen schief in den Angeln und waren mit einer dicken Kette gesichert. Hinter dem morschen Holzzaun ragte ein altes Klinkergebäude auf. «Betreten verboten!» stand auf einem fleckigen gelben Plastikschild.

«Da wollte ich schon immer mal rein», sagte Daniela. Es klang unerwartet sanft.

Das Tor war unten so weit aufgebogen, dass sie durch den Spalt hindurchschlüpfen konnten. Das Gebäude musste ein kleines Kontorhaus mit Lagerräumen gewesen sein. Die meisten Fensterscheiben waren eingeschlagen. In den feuchten Mauern hatte sich ein eigentümlicher Geruch gehalten.

Daniela legte den Kopf zurück und atmete durch die Nase ein. «Pfeffer», sagte sie. Sie schnüffelte weiter. «Und Muskat und Nelken und Zimt. Mann, das muss mal ein Gewürzlager gewesen sein. Warst du mal im Gewürzmuseum in der Speicherstadt? Da riecht's fast genauso.»

In einem der schummerigen Räume fanden sie einen Stapel alter Jutesäcke, immer noch ordentlich gefaltet und aufeinander geschichtet.

Daniela ließ sich auf den Stapel fallen und drückte ihre Nase in das grobe Sackleinen.

«Was da wohl drin war?»
Sie griff nach seiner Hand und zog ihn neben sich. Ein unerwartet starker Geruch nach Staub und Gewürzen stieg ihm in die Nase.
Ihre erhitzten Gesichter waren so nah beieinander, dass er Danielas Atem auf seiner Haut fühlte. Er hätte Daniela gern geküsst. Aber er traute sich nicht.
Plötzlich drehte Daniela sich zu ihm und presste ihre Lippen auf seinen Mund. Er fühlte ihre Zunge, wie sie sich zwischen seine Zähne drängte.
Er gab der drängenden Zunge nach, legte den Arm um Daniela und wälzte sich auf sie.

zehn

Scheißtürken!
Heute Morgen habe ich Elif die Jacke zurückgegeben. Wir haben Elif auf dem Klo abgefangen, kurz vor dem Klingeln. Wir waren ganz allein. Sonja, Pia und Aysche haben sich hinter Elif aufgebaut.
«Das ist nicht meine Jacke», hat Elif gesagt.
Um ein Haar wäre ich ausgeflippt. Ich dachte, nun bin ich mal nett zu ihr, und die streitet ab, dass die Jacke ihr gehört. Aber ich hab mich zusammengenommen. Musste ich ja. Ich hatte Manuel versprochen, dass ich ihr die Jacke zurückgebe.
Aber ich hab nicht versprochen, dass ich diesem türkischen Fettkloß in den Arsch krieche.
«Hör mal», sagte ich. «Wir könnten deinen Kopf jetzt schön tief in die Kloschüssel drücken und dann ein paar Mal abziehen. Wir könnten dich sogar ganz freundlich bitten, deinen dreckigen Türkenkopf freiwillig in die Kloschüssel zu stecken. Wie beim

Friseur. Kleine Spülung gefällig? Den Gefallen würdest du uns doch wohl tun, oder?»
Elif nickte ängstlich.
«Brauchst du aber gar nicht. Du hast den Jackpot geknackt. Von jetzt ab stehst du unter unserem Schutz.»
Elif sah mich weiter völlig verängstigt an. Sie hatte überhaupt nicht kapiert, was ich gesagt hatte.
Sonja offenbar auch nicht. Sie rammte Elif ihr Knie in den Hintern. «Das war ein Witz, Mensch! Lach gefälligst!»
Da bin ich doch noch ausgeflippt.
Ich habe losgeschrien. «Du hast doch gehört, was ich gesagt habe! Sie steht unter unserem Schutz. Wenn du sie noch ein einziges Mal anfasst, kriegst du's mit mir zu tun!»
Sonja hat mich mit offenem Mund angestarrt.
Dann hat sie mich angegrinst. Sie hatte immer noch nicht kapiert.
Da hab ich zugeschlagen. Mitten in ihr grinsendes Gesicht. Ich wollte das gar nicht. Nicht wirklich. Aber ich musste mir Respekt verschaffen. Wenn so was einreißt, hört bald keiner mehr auf dich.
Sonja hielt sich die Nase. Als sie die Hand herunternahm, hatte sie Blut an den Fingern.
Einen Moment lang dachte ich, jetzt schlägt sie zurück. Ich sah die Wut in ihren Augen.
Ich glaube, ich wünschte mir sogar, dass sie zurückschlug. Sonja ist stärker als ich. Und schwerer. Aber das war mir egal. Ich war so voller Hass in diesem Moment, dass ich nur auf eine falsche Bewegung von ihr wartete, und ich hätte sie krankenhausreif geschlagen.
Sonja muss gespürt haben, dass sie keine Chance hatte.
«Ist ja schon gut», sagte sie.

Ich sah Elif an, die erschrocken bis an die Wand zurückgewichen war. «Was ist denn noch? Hast du keinen Unterricht?»
«Doch.» Sie machte kehrt und huschte zur Tür.
«Ey, warte!», rief ich.
Sie blieb stehen. Mit ängstlichen Kuhaugen sah sie mich an.
«Zieh deine Jacke an», sagte ich.
Hastig zerrte sie die schwarze Lederjacke aus der Tragetasche und schlüpfte hinein.
«Von jetzt ab trägst du sie wieder», sagte ich.
«Zusammen mit einem Kopftuch», sagte Sonja, die langsam wieder Oberwasser bekam.
Das mit dem Kopftuch war gar keine schlechte Idee. Manuel würde doch nie und nimmer mit einem fettärschigen Kopftuchmädchen herumziehen.
«Klar», sagte ich. «Zusammen mit einem Kopftuch. Wir müssen dich doch erkennen können, wenn wir auf dich aufpassen sollen.»
Als ich in die Klasse ging, hätte ich eigentlich zufrieden sein können. Ich hatte getan, was ich versprochen hatte. Ungefähr jedenfalls. Aber besser kriege ich so was nun mal nicht hin. Irgendwas läuft immer schief, wenn ich etwas tue. Ich weiß auch nicht, warum.
Das mit dem Kopftuch war echt nicht vorgesehen gewesen. Aber dann ist es doch passiert.
Mit Manuel war es gestern auch so.
Wie er immer gleich rot wurde. Echt niedlich fand ich das. Er ist so schüchtern. Sein Mund war ganz regungslos, als ich ihn geküsst habe.
Aber als er sich dann auf mich rollte, ich weiß auch nicht, was da auf einmal mit mir passierte. Ich fühlte mich gefangen unter ihm. Ich hielt das nicht aus. Ich war total in Panik.

Ich stemmte mich mit beiden Händen gegen ihn, und als er nicht sofort wegging, habe ich ihn so heftig weggestoßen, dass er von dem Sackstapel rutschte. Ich glaube, er schlug mit dem Kopf auf.
Aber das habe ich nur ganz im Hintergrund wahrgenommen. Ich bin aufgesprungen und gerannt. Als ob sonst wer hinter mir her gewesen wäre.
Ich bin aus dem Gebäude gestürzt, über den Hof und zu meinem Fahrrad. Ich wollte nur weg.
Manuel hat mich erst am Alten Elbtunnel eingeholt. Wir haben beide gekeucht wie nach einem Marathonlauf und uns nicht angesehen, während wir auf den Fahrstuhl warteten. Natürlich glaubte er, dass er wieder was falsch gemacht hatte.
Hatte er aber gar nicht. Er hatte nur das getan, was ich von ihm wollte.
Trotzdem habe ich ihn weggestoßen.
Ich wollte ihm sagen, dass das nichts mit ihm zu tun hatte. Dass alles okay war, was er gemacht hatte. Dass es an mir lag.
Aber ich konnte nicht. Ich konnte nicht mit ihm darüber reden. Ich wusste ja selbst nicht, was los war.
Und ich hatte Angst, dass er jetzt nichts mehr mit mir zu tun haben wollte. Dass er mich für eine blöde Zicke hielt.
Aber gesagt habe ich nichts. Beide haben wir nichts gesagt. Wir sind durch den Alten Elbtunnel gefahren und haben uns oben an der Davidstraße getrennt.
«Bis morgen», hat er gesagt.
Mein Herz hat einen Hüpfer gemacht, aber dann fiel mir ein, er meinte wahrscheinlich nur die Schule. Dass wir uns am nächsten Tag dort sehen würden.
«Ja», hab ich geantwortet und mich schnell weggedreht, weil ich merkte, dass ich plötzlich feuchte Augen bekam.

Was ist bloß los mit mir auf einmal? Wenn ich sonst mit Jungs rumknutsche, macht mir das doch nie was aus.

Draußen auf dem Flur schleicht Mama herum. Ja, stimmt, sie schleicht wirklich. Früher hat sie das nie getan. Ganz früher meine ich, in der alten Wohnung. Da hat sie ihre hochhackigen Treter anbehalten und man hörte jeden Schritt.

Damals hat sie immer gesagt, wie sehr sie Benno vermisse, wenn er auf See war. Alles müsse sie immer allein machen, hat sie gejammert. Aber seit Benno den Kapitänsjob an den Nagel gehängt hat, ist sie eigentlich noch schlechter drauf. Dauernd hat sie Migräne. Manchmal glaube ich, sie hätte Lehrerin bleiben sollen. Obwohl ich sie mir gar nicht mehr vorstellen kann in einer Klasse. Da würde sie doch kein Bein mehr auf die Erde kriegen. Sie ist so leise und zurückweichend geworden.

Aber Benno hat auf sie eingeredet. Er brauche sie. Sie seien doch ein Team. Zusammen seien sie unschlagbar und all so was. Er wollte, dass sie sich auf Seminare und Wochenend-Workshops spezialisierte. Da sei viel mehr Geld drin. Aber vor jedem Seminar hat sie so einen Schiss, dass sie ganz zittrig ist.

Ich hab ihr damals auch zugeredet.

Ich fand das echt geil damals, diese Edelwohnung mit all dem weißen Marmor auf dem Fußboden und an den Wänden, mein Dad im Fernsehen und meine Mama auf Seminaren.

Ich malte mir aus, wie ich auf der Dachterrasse mit meinen Freundinnen und Freunden herumhängen würde. Als Erstes hatte ich ein Klassenfest geplant. Denen würden die Augen rausfallen.

Aber dann passierte das mit Hannes, meinem dicken, fetten Kater. Wir hatten ihn ein paar Monate zu früh kastrieren lassen, und dadurch war er zu einem richtigen Koloss geworden.

Ich weiß noch, wie etwas in mir zerriss, als ich das Blut an mei-

ner Unterlippe fühlte. Es war so viel Blut, dass es mir an den Fingern und am Kinn hinunterlief. Es muss höllisch wehgetan haben. Aber ich kann mich an keinen Schmerz erinnern.
«Pass auf, dass du keine Flecken auf das Leder machst!» Benno hielt mir eine Packung Tempo hin.
Ich reagierte nicht. Ich saß einfach nur da. In mir war alles leer.
Mama beugte sich vom Rücksitz nach vorn, nahm Benno die Papiertücher aus der Hand, holte gleich einen ganzen Stapel heraus und tupfte damit das Blut von meinem Kinn und meinen Fingern ab.
Ich war wütend auf sie. Sollte das Blut doch auf sein Scheißleder tropfen.
Aber ich war nicht wütend auf Benno.
Ich hatte Angst vor ihm.
Er hatte uns am letzten Wochenende vor dem Umzug nach Sylt eingeladen. Nach Kampen. Er habe ein Apartment gemietet, in dem Tiere erlaubt seien, sagte er. Er hatte extra ein Katzengeschirr besorgt. Aus rosa gefärbtem Leder. Ich hatte es Hannes an den Tagen zuvor immer mal wieder angelegt, damit er sich daran gewöhnte.
«Dann brauchen wir keinen Katzenkorb», hatte Benno gesagt.
«Du kannst ihn auf den Schoß nehmen.»
Hannes hatte ängstlich miaut, als wir losfuhren. Seine Krallen hatten sich durch meine Jeans in meine Oberschenkel gegraben. Aber schon auf der Autobahn hatte er angefangen, sich zu entspannen.
Ich habe ihn die ganze Zeit gestreichelt. Als wir die Abzweigung nach Kiel passierten, schnurrte er das erste Mal. Auf der Hochbrücke über den Nordostseekanal schaltete er dann auf Dauerschnurren.

Ich hatte nichts anderes von ihm erwartet. Er wusste ja, dass er mir vertrauen konnte. Ich hatte ihn als winziges, ausgehungertes Fellbündel auf unserem Hinterhof gefunden und ihn ganz allein aufgepäppelt.

Kurz bevor wir die Autobahn verlassen sollten, war Benno auf einen Parkplatz gefahren.

Pinkelpause, dachte ich.

Benno drehte die Seitenscheibe runter und sah sich auf dem Platz um. Er war auf die Haltespur für Lastwagen gefahren, aber es war kein Lastwagen da. Der Pkw-Parkplatz befand sich hinter einem Buchsstreifen.

Benno streckte die Hand aus und streichelte Hannes. Der Kater schnurrte begeistert.

Dann fühlte ich plötzlich die Krallen in meinem Oberschenkel. Ich schrie auf, gleichzeitig mit Hannes, der anscheinend sofort begriff, was passieren sollte, und sich noch festzukrallen versuchte.

Benno packte den Kater im Nacken, riss ihn hoch und warf ihn mit einer einzigen schnellen Bewegung aus dem Fenster.

Noch während er die Scheibe hochgleiten ließ, gab er Gas und fuhr los. Als ich aus meiner Betäubung erwachte, waren wir schon wieder auf der Autobahn.

«Halt an!», schrie ich. «Halt sofort an!»

Als er nicht reagierte, griff ich mit beiden Händen nach der Handbremse.

Da schlug er zu.

Mit voller Wucht mit der Handkante auf meine Unterlippe.

Ich erinnere mich noch an die beiden Sätze, die er sagte, während ich schon das Blut an den Händen fühlte.

«Der passt nicht mehr zu uns. Glaubst du, ich lasse mir unser neues Apartment von deinem fetten Kater zerkratzen?»

«Der Daumen schlägt die Saite mit der äußersten Kuppenecke in Richtung der nächsthöheren Saite an. Der Anschlagimpuls kommt aus dem Wurzelgelenk des Daumens. Nach dem Anschlag geht der Daumen knapp über die nebenan liegende Saite hinweg, ohne sie zu berühren. Der Daumen darf sich nicht zu weit von der angeschlagenen Saite entfernen, sondern kehrt sofort in seine Ausgangsstellung zurück.»
Manuel kam gut voran mit Teucherts Gitarren-Lehrgang. Er hatte sich zwei Tage frei genommen an der Tankstelle und sogar schon ein paar Songs gespielt. «Oh! when the Saints go marchin' in» und «Kuckuck, Kuckuck» und noch ein paar andere Lieder, bei denen er in der Schule, wie er sich auf einmal erinnerte, immer in den Streik getreten war und nicht mitgemacht hatte.
Zuerst hatte er nur die Griffe geübt, jetzt sang er auch. Allerdings ziemlich zaghaft, wie er selbst fand.
Es war ihm ein bisschen peinlich, dass Icky in Hörweite war. Sie rumorte in der Küche herum, aber ganz leise, als wolle sie ihn auf keinen Fall stören. Eigentlich hätte sie längst in ihrer Kneipe sein müssen.
Im Musikunterricht, bei Frau Arnold, hatte Manuel immer nur Quatsch gemacht, wenn sie «Kommt ein Vogel geflogen» oder «Au clair de la lune» singen sollten. Dabei hatte die Arnold richtig was los in Musik. Der Schulchor, den sie aufgebaut hatte, trat sogar manchmal im Fernsehen auf. Mindestens ein Dutzend Mal hatte sie Manuel eingeladen, dem Chor beizutreten. «Geht nicht», hatte Manuel abgewehrt. «Ich hab diesen Job an der Tankstelle. Ich kann doch meinen Vater nicht im Stich lassen.»
«Ein Jammer!» Sie hatte empört ihren blonden Fisselkopf geschüttelt. «Du hast eine so interessante Stimme!»
Manuel nahm sich einen ganzen Nachmittag Zeit für die Einführung in die Notenschrift. Das hatten sie natürlich auch schon bei

Frau Arnold gehabt. Er hätte schwören können, dass er überhaupt nicht zugehört hatte. Jetzt merkte er, dass doch eine Menge hängen geblieben war.

Er stellte sich auf den Balkon, sah auf die Reeperbahn hinunter und sagte halblaut die acht Töne der C-Dur-Tonleiter auf, zuerst vorwärts, dann rückwärts und wieder von vorn, bis er sie nie wieder vergessen würde: C D E F G A H C.

Als er am dritten Nachmittag die ersten 30 Seiten des Lehrgangs durchhatte, fing er noch einmal ganz von vorn an. Er wollte sich alles genau einprägen, bevor er zu den Akkorden überging.

Irgendwann, während er gerade «Carry me back to old Virginny» sang, bemerkte er, dass sich im Glas des Wohnzimmerschranks eine Bewegung spiegelte. Er drehte den Kopf und entdeckte Icky in der Flurtür.

«Schön», sagte sie lächelnd. Ihre blau ummalten Augen hatten einen träumerischen Schimmer.

Manuel brach ab. Er war verlegen. Fehlte nur noch, dass sie sagte: «Ganz wie Andy Dunn damals.»

Doch seine Großmutter sagte nüchtern: «Ich will mich ja nicht groß einmischen. Aber vielleicht solltest du doch mal ein paar Stunden nehmen, bei einem richtigen Profi, meine ich.»

Manuel hatte das auch schon überlegt. «Im Guitar City», sagte er, «gibt es eine Pinnwand. Ich glaub, da hing auch ein Zettel von einem, der Gitarrenunterricht anbietet.»

Icky schüttelte energisch den Kopf. «Wär doch 'n Jammer, wenn du da an irgendeinen Stümper gerätst. Besser, ich hör mich mal um. Ich kenn da noch so 'n paar Typen von früher.»

Vielleicht hatte seine Großmutter Recht. Vielleicht war es wirklich besser, wenn er bei einem echten Spitzenmann Unterricht bekam. Bei der Gitarre hatte das ja auch funktioniert. Jedenfalls war er jetzt froh, dass er nicht irgendein Billiginstrument gekauft hatte. Von Andy Dunns Gitarre ging etwas aus, das ihn faszinierte. Schon wenn er sie in die Hand nahm, war dieses Gefühl von Selbstverständlichkeit da. Als ob ihm die Gitarre schon immer gehört hätte. Und dann der Klang! Irre.

Aber es lag nicht nur an der neuen Gitarre, dass er nun schon den dritten Nachmittag hoch über der Reeperbahn in Ickys kleiner Hochhauswohnung saß und übte. Da war noch etwas ganz anderes.

Etwas hatte sich verändert, seit er mit Daniela im Hafen gewesen war.

Irgendetwas musste er falsch gemacht haben. Aber was? Warum hatte sie ihn plötzlich zurückgestoßen? So heftig hatte sie das getan, dass er sich nicht getraut hatte, mit ihr darüber zu reden.

Mundgeruch, fiel ihm schließlich ein.

Er merkte, dass er auch den anderen gegenüber unsicher wurde. Mindestens ein Dutzend Mal hielt er sich, wenn er den Eindruck hatte, ihm wich jemand aus, heimlich die Hand vor den Mund und hauchte hinein. Aber da war nichts.

Sicherheitshalber kaufte er sich an einem Kiosk Fisherman's Friend. Die gab es zwar auch bei ihnen an der Tankstelle. Aber dort hätte er einen Zettel in die Kasse legen müssen. Und das wollte er nicht. Er wusste selbst nicht, warum. Er lutschte so viele von den scharfen Pastillen, dass sich seine Zungenspitze entzündete. Was beim Singen ziemlich störte.

Zwei Tage lang zweifelte er an sich. Heute in der sechsten Stunde war ihm dann aufgefallen, dass Daniela gar nicht so schroff war, wie er die ganze Zeit gedacht hatte. Zufällig hatten sich ihre Blicke getroffen, und Daniela hatte schnell weggeblickt. Unsicher hatte sie gewirkt.

Das brachte ihn auf eine ganz neue Idee.

Vielleicht lag es ja gar nicht an ihm, dass sie Probleme miteinander hatten. Es konnte doch auch an ihr liegen. Oder?

Sie war schon ein bisschen merkwürdig. Aber er mochte sie nun mal. Jedes Mal wenn er an sie dachte, kriegte er so ein komisches Gefühl im Bauch und etwas wie ein elektrischer Strom lief ihm an der Wirbelsäule hinunter. Das fühlte sich gut an.

Aber da war auch noch eine andere Daniela. Sie war sprunghaft und unberechenbar, mal schroff und dann wieder ganz okay. Er wusste einfach nicht, woran er bei ihr war.

Und dann war da noch ihre Gang. Warum stahl sie im Supermarkt Whisky? Warum schlug sie Elif zusammen und zog ihr die Jacke ab? Warum erpresste sie Geld von Mitschülerinnen?

Ihm fiel der weiße Marmorfußboden in der Küche der Sanders ein. Und dieser Hollywood-Dachgarten. Sie hat doch alles, dachte er. Warum kann sie Elif nicht in Ruhe lassen?

Sein Vater war an diesem Abend noch stiller als sonst. Wortlos schaufelte er seine Bratkartoffeln in sich hinein. Dann schob er seinen Stuhl zurück und stand auf, um noch einmal in der Tankstelle nach dem Rechten zu sehen. An der Küchentür hielt er inne.

«Soll ich mich nach jemand anderem umsehen?», fragte er.

Manuel, der wieder an Daniela gedacht hatte, begriff erst, als seine Mutter ihn unter dem Tisch anstieß, dass die Frage an ihn gerichtet war.

«Wie? Wen hast du gesehen?»

Sein Vater ließ resigniert die Schultern sinken. «Was ist auf einmal bloß los mit euch jungen Leuten? Erst das mit Elif. Und jetzt du mit dem Kopf in den Wolken.»

Was denn mit Elif sei, wollte Manuel wissen.

«Das hättest du längst gesehen, wenn du mal wieder auf der Tankstelle aufgetaucht wärst. Also, was ist? Kann ich weiter mit dir rechnen?»

«Klar», sagte Manuel.

«Morgen Nachmittag?»

«Wie immer», sagte Manuel. «15 Uhr.»

Sein Vater seufzte erleichtert.

Am nächsten Morgen hatten sie eine Doppelstunde Deutsch bei Frau Dr. Röggelein. Es ging immer noch um Liebe und Gewalt. Den «Erlkönig» als literarisches Beispiel für dieses Thema hatten sie allerdings inzwischen abgeschlossen. Jetzt sollten sie selber schreiben.

Frau Dr. Röggelein arbeitete gern mit den Methoden des kreativen Schreibens. Sie war überzeugt, jeder könne schreiben. Sie experimentierte mit immer neuen Aufgaben, die die Phantasie anregen und befreien sollten.

Manuel war gerade mal wieder mit seinen Gedanken abgedriftet, als Frau Dr. Röggelein plötzlich rief: «Manuel! Wer ist denn dein Partner?»

Es stellte sich heraus, dass sie jeweils zu zweit clustern sollten. Da Manuel geträumt hatte, war er als Einziger in der Klasse ohne Teampartner.

«Moment!» Die Röggelein legte den Finger an die Nase. «Das kann nicht stimmen. Ihr seid achtundzwanzig. Das muss aufgehen. Was ist mit euch dahinten? Daniela, Pia und Sonja, ihr seid zu dritt. Eine von euch bitte nach vorn zu Manuel.»

Einige Sekunden lang hoffte Manuel, dass es Daniela sein würde. Aber da entschied Frau Dr. Röggelein: «Pia, du!»

«Au ja!», rief jemand. «Pia und Manuel. Unser neues Liebespaar.»

Die anderen lachten begeistert.

Manuel hatte keine Ahnung, was an dem Zwischenruf witzig sein sollte. Erst als Pia ihm gegenübersaß und mitten auf das Din-A4-Blatt zwischen ihnen das Thema schrieb, zu dem sie clustern sollten, kapierte er.

«LIEBE» schrieb Pia mit ihrem roten Rollerstift und zog einen Kreis um das Wort.

Liebe! Ausgerechnet!

«Du fängst an», sagte Pia und schob ihm das Papier zu. Manuel schob das Blatt zu ihr zurück. Er hatte einen totalen Blackout. Ihm fiel nichts ein zu diesem Thema. Nicht ein einziges Wort.

«KUSS» schrieb Pia mit ihrem roten Roller. Sorgfältig zog sie einen Kreis um das Wort und verband die beiden Kreise dann mit einem Strich.

Manuel sah unwillkürlich zu Daniela hinüber. Sie schaute auch gerade herüber. Als sich ihre Blicke trafen, wich Daniela ihm aus und drehte sich schroff weg.

Pia stieß Manuel an. Sie hatte einen herzförmigen Mund, mit einer in der Mitte tief eingekerbten Oberlippe und einer sehr vollen Unterlippe. Warum ihm das wohl früher nie aufgefallen war?

Manuel merkte, dass er rot wurde bei diesem Gedanken.

«Jetzt du», sagte Pia.

Manuel wusste immer noch nicht, was er schreiben sollte. Er spürte, dass sein Kopf noch heißer wurde.

Scheiße, dachte er.

Scheiße, Scheiße, Scheiße!

Er nahm seinen Stift und schrieb auf die andere Seite des Blattes «VÖGELN».

Während er einen Kreis um das Wort zog und den Kreis dann mit einem dicken Strich mit dem Kreis um «LIEBE» verband, kicherte Pia begeistert. Ungeduldig zupfte sie an dem Papier, wodurch der Strich seltsame Zacken bekam, fast wie ein Blitzstrahl.

«HERBERTSTRASSE» schrieb Pia kichernd, als Manuel endlich fertig war. Sie verband das Wort mit Daniels «VÖGELN».
Manuel lachte und verlängerte den Zweig um das Wort «NUTTEN».
Sie waren seit mindestens zwei Jahren in derselben Klasse. Aber dies war das erste Mal, dass sie etwas zusammen machten. Manuel hatte Pia nie weiter beachtet. Dabei sah sie eigentlich ganz gut aus mit diesem Herzmund und den blassen, hellblauen Augen. Jetzt war er gespannt, was Pia als Nächstes einfallen würde.
Immer noch kichernd steuerte sie mit ihrem roten Rollerstift auf das Wort «NUTTEN» zu. Plötzlich zögerte sie. Auf ihren hellen Wangen erschienen zwei Grübchen. Sie lächelte versonnen.
Ihre Hand wanderte zu einer noch freien Stelle des Blattes. Sie schrieb: «SEHNSUCHT».
Manuel sah sie überrascht an.
Diesmal wurde Pia rot.
Langsam begann ihm das Spiel Spaß zu machen.
Er verlängerte den neuen Zweig um das Wort «TRÄUMEN».
Pia nickte zustimmend. Aber sie schien keine Lust zu haben, in dieser Richtung fortzufahren.
«ZOFF» schrieb sie und eröffnete damit ein ganz neues Feld.
«EIFERSUCHT» spann Manuel ihren Faden weiter.
«KINNHAKEN» schrieb Pia.
«BLAUES AUGE» fügte Manuel an.
«VERSÖHNUNG» ergänzte Pia.
«SCHEIDUNG» schrieb Manuel.
Pia kicherte auf einmal wieder. Sie grinste Manuel an und schrieb in eine leere Ecke des Blattes: «MEINE ROLLERSKATES».
Manuel wusste zuerst nicht, wie Pia jetzt auf so was kam. Dann grinste er zurück und schrieb: «GITARRE».
Sie waren so in ihre Arbeit vertieft, dass sie überhaupt nicht merk-

ten, dass die anderen Teams längst mit ihren Clustern zum Ende gekommen waren. Manuel überlegte gerade, an welchem Zweig er das Wort «KONDOM» unterbringen sollte, als Frau Dr. Röggelein sich über sie beugte und sich freundlich erkundigte: «Wollt ihr zwei noch lange weitermachen?»
«Turtel, Schmatz!», rief Murat.
«Arschloch!», konterte Manuel und fing sich damit einen strengen Blick von Frau Dr. Röggelein ein.
Er hätte wirklich gern noch weitergemacht. Leider war das Blatt Papier zu klein. Zusammen mit Pia hätte er spielend ein doppelt so großes Blatt füllen können. Es gab noch so viele Bereiche des Themas Liebe, die sie gar nicht berücksichtigt hatten. Hochzeit, zum Beispiel, und Treue und dann all das, was übers Küssen hinausging. Er bedauerte jetzt, dass er mit dem Wort «VÖGELN» gleich am Anfang so einen schnodderigen Ton in das Cluster hineingebracht hatte. Vielleicht hatte er dadurch verhindert, dass sie mehr auf die schönen Seiten der Liebe eingegangen waren, auf Zärtlichkeit, zum Beispiel, oder Liebesbriefe.

«Jetzt wählt jeder ein Wort oder einen Zweig aus seinem Cluster aus und schreibt einen Text darüber», sagte Frau Dr. Röggelein.
Manuel überlegte einen Moment, ob er sich für HERBERTSTRASSE entscheiden sollte. Dort kannte er sich aus. Er kannte massenhaft witzige Geschichten, die er an der Tankstelle von den Loddeln und ihren Frauen gehört hatte.
Pia, die ohne zu zögern sofort zu schreiben begonnen hatte, blickte auf und lächelte ihn verträumt an. Manuels Blick fiel auf das Wort «SEHNSUCHT», das Pia in ihrer zarten kleinen Schrift auf das Papier gesetzt hatte.
«SEHNSUCHT» schrieb er als Überschrift in sein Heft und hätte das Wort um ein Haar gleich wieder ausgestrichen. Er war plötz-

lich ganz sicher, dass ihm nichts dazu einfallen würde. Doch dann merkte er, wie schön er das Wort fand. Es beschrieb eigentlich sehr genau den Zustand, in dem er sich befand. Er sehnte sich nach etwas, er war auf der Suche nach etwas. Es fühlte sich tatsächlich so an, als könne daraus eine Sucht werden. Aber er wusste nicht genau, was das eigentlich war, wonach er sich sehnte. Er spürte nur, dass es etwas sehr Schönes und Wunderbares war, etwas Zerbrechliches, Kostbares. Er versuchte, das alles in Worte zu fassen, hatte aber die ganze Zeit das Gefühl, dass nur ein unverständliches, wirres Gestammel dabei herauskam.

Anschließend sollten sich die Zweierteams ihre Aufsätze gegenseitig vorlesen und einen Text auswählen, den sie der ganzen Klasse vorstellen wollten. Manuel erschrak. Daran hatte er überhaupt nicht gedacht beim Schreiben. Obgleich er es hätte wissen müssen. Schreibkonferenz nannte Frau Dr. Röggelein das.

Zu Manuels Verblüffung war Pia ganz einverstanden mit seinem Sehnsuchts-Text. Sie nickte einige Male nachdrücklich. «Toll», sagte sie.

Trotzdem wollte sie nicht, dass er den Text den anderen vorlas. Sie wollte ihren eigenen vortragen. Manuel stimmte erleichtert zu.

Pia hatte eine ziemlich kitschige Liebeserklärung an den blonden Sänger einer Boygroup geschrieben, verriet aber den Namen nicht.

Natürlich wollten alle nun erst recht wissen, wer denn gemeint war.

Von allen Seiten kamen Vorschläge. Aber Pia schüttelte immer nur den Kopf.

«Ich hab's!», rief Murat plötzlich. «Die meint gar keinen Sänger. Sie hat das nur verschlüsselt oder so. Sie meint Manuel.»

«Quatsch!», sagte Pia. «Den doch nicht!»

«Warum wirst du dann rot?»

Das Verrückte war, dass Pia jetzt tatsächlich rot anlief. «Ihr seid doch alle total bescheuert!», rief sie.
Es klingelte zur Pause.
Schade, dachte Manuel. Er hätte gern noch Danielas Text gehört.

Beim Rausgehen wäre Manuel in der Tür fast mit Samantha zusammengestoßen. «'tschuldigung», sagte er und gab den Weg frei. «Ladies first.»
Samantha sah ihn erstaunt an. «Was ist denn mit dir los? Warst du in der Tanzstunde oder was?»
«Quatsch.»
Aber es stimmte schon. Er war anders als sonst. Er war in Hochstimmung. Er wusste selbst nicht genau, warum.
«Ach, Samantha», rief in diesem Moment Frau Dr. Röggelein. Sie packte noch auf dem Lehrertisch ihre Sachen ein. «Da fällt mir ja noch ein ...»
Manuel sah, wie das anzügliche Grinsen aus Samanthas Gesicht verschwand. Wie weggewischt war es. Samantha wirkte auf einmal sehr angespannt. Sie warf einen hastigen Blick zu Daniela hinüber, aber die war ganz mit sich selbst beschäftigt. Sie saß immer noch auf ihrem Platz und starrte vor sich hin. Irgendetwas schien ihr nicht gefallen zu haben.
Samantha ging zum Lehrertisch zurück.
«Dieses Geld», hörte Manuel Frau Dr. Röggelein sagen, «das war doch von dir, oder?»
Samantha schielte noch einmal zu Daniela hinüber. Aber die schien gar nicht mitzubekommen, was um sie herum passierte.
«Ja, das war von mir», sagte Samantha schnell. «Und vielen Dank noch mal, Frau Dr. Röggelein.»
«Wenn so was mal wieder vorkommen sollte», erwiderte Frau Dr. Röggelein, «schreib bitte deinen Namen auf den Umschlag.»

Samantha sah wieder zu Daniela. Aber die rührte sich immer noch nicht.

«Ach, hab ich das vergessen?» Samantha bekam langsam wieder Oberwasser. «Das tut mir aber Leid, Frau Dr. Röggelein.»

Gleich nach der Schule fuhr Manuel zu Icky. Er musste unbedingt noch ein bisschen Gitarre üben, bevor er, wie er es seinem Vater versprochen hatte, seinen Nachmittagsjob auf der Tankstelle antrat.
Pünktlich um 15 Uhr kam er auf dem Waschplatz an.
Ungläubig starrte er Elif an. Sie wischte gerade den Staub vom Armaturenbrett eines Range Rovers.
«Wie siehst du denn aus?», fragte Manuel entgeistert.
Elif hatte ihre neue Pauli-Lederjacke an. Dazu trug sie ein schwarzweiß gemustertes Kopftuch.
Elif antwortete nicht. Sie presste die Lippen zusammen und drehte Manuel still den Rücken zu.
«Ey, Elif», sagte Manuel, «ich rede mit dir.»
Sie rieb stumm mit ihrem feuchten Lappen auf dem schwarzen Leder des Fahrersitzes herum.
Manuel ließ nicht locker. «Was ist denn mit dir auf einmal los? Bist du plötzlich gläubig geworden?»
Elif schüttelte den Kopf.
«Warum trägst du dann dieses dämliche Tuch? Das passt doch überhaupt nicht zu dir. Verlangt dein Vater das von dir? Soll mein Alter mal mit ihm reden?»
Plötzlich fuhr Elif herum. Ihre dunklen Augen funkelten ihn an.
«Mein Vater würde so was nie von mir verlangen! Mein Vater ganz bestimmt nicht! Der würde mir eine scheuern, wenn er mich so sähe.»
Langsam kapierte Manuel überhaupt nichts mehr. «Wer dann? Deine Mutter?»

Elif schüttelte den Kopf, heftiger als vorher.
Da kam Manuel ein Verdacht. «Etwa Daniela und ihre Gang?»
Elif sah ihn wütend an. «Ja, deine Freundinnen! Deine sauberen deutschen Freundinnen! Und tu mir bitte einen Gefallen, ja? Setz dich nie wieder bei ihnen für mich ein, ja?»

zwölf

Pia!
Die glaubt wohl, dass sie sich alles rausnehmen kann.
Die hat überhaupt keinen Respekt mehr.
Erst kommt sie nicht zu den Treffen im Jugendzentrum.
Und jetzt will sie mir auch noch Manuel wegnehmen.
Aber nicht mit mir!
Wie sie das eingefädelt hat heute Morgen. Echt heimtückisch war das.
«Wir clustern einfach mal zu dritt.»
Klar. Warum nicht?
Aber die wusste hundertprozentig, dass das genau aufgeht in unserer Klasse. Achtundzwanzig und keiner fehlte. Da musste ja einer übrig bleiben, wenn wir uns zu dritt zusammentun.
Bestimmt hatte sie die ganze Zeit zu Manuel rübergelinst und wusste genau, dass Manuel pennte. Dass der keinen Partner abbekommen hatte und ganz allein an seinem Tisch saß.
Und als die Röggelein dann merkte, dass da irgendwas nicht aufging, hat Pia sie auf sich aufmerksam gemacht.
Nee, musste sie gar nicht. Sonja und ich hatten ja eh auf Protest geschaltet.
Pia musste nur ein bisschen interessiert gucken. Schon biss die Röggelein an und schickte sie nach vorn zu Manuel.

So ein linkes Luder!
Wie die sich Manuel an den Hals geworfen hat!
Zuerst hat er sie ja total abgeblockt. Nicht die Bohne hat er sich für sie interessiert. Aber dann hat sie losgelegt.
Wie die ihn angehimmelt hat!
Manuel hatte gerade mal ein einziges Wort in das Cluster geschrieben, da konnte sie sich kaum noch halten vor lauter Bewunderung.
Wie die gekichert hat!
Mit jedem Wort, das Manuel schrieb, wurde es schlimmer.
Und dann dieser schwülstige Text von ihr. Megapeinlich.
War doch klar, wen sie damit meinte.
Aber nicht mit mir!
Ich lass mich doch von der nicht so bloßstellen.
Wie steh ich denn jetzt da?
Aber die wird mich kennen lernen!
Mit der rechne ich ab.

dreizehn

Als Sonja am nächsten Morgen in die Klasse kam, blieb sie wie angewachsen in der Tür stehen. Aufgebracht rief sie quer durch den Raum: «Ey, was ist denn mit euch beiden auf einmal los?»
Daniela und Pia hatten die Köpfe zusammengesteckt und kicherten miteinander. Jetzt sah Daniela auf.
«Wieso?», fragte sie abweisend. «Stört dich was?»
Sonja ging sichtbar irritiert auf die beiden zu. «Aber ich dachte...»
Daniela unterbrach sie grob: «Ist doch wohl egal, was du dachtest. Interessiert eh keinen.»

Sonja stieß Pia an. «Du sitzt auf meinem Platz!»
«Na und?» Daniela hielt Pia, die aufstehen wollte, am Arm fest. «Dann tauscht ihr eben für heute mal.»
Sonja schluckte zweimal. Dann stieß sie Pia erneut in den Rücken, diesmal so heftig, dass Pia vor Schmerz das Gesicht verzog. «Ey, bist du taub?»
Daniela fuhr wütend herum.
«Wenn hier eine taub ist, dann ja wohl du. Ich hab doch gesagt, ihr tauscht mal für heute.»
Sonja schluckte wieder. «Aber warum auf einmal?»
«Darum», sagte Daniela. «Und jetzt setz dich endlich hin. Du nervst.»
Sonja ließ sich mürrisch auf Pias Stuhl nieder, rückte aber ein Stück von Pia ab und drehte auch ihren stämmigen Körper von ihr weg. Sie war eingeschnappt.
Daniela lehnte sich auf ihrem Stuhl weit zurück, griff hinter Pias Rücken nach Sonja und boxte sie in die Seite.
«He, was ist denn, Sonja? Wir mussten nur schnell was besprechen. Wegen heute Nachmittag, Mensch.»
Sonjas Neugier siegte. «Heute Nachmittag?», fragte sie maulend. «Was soll da denn los sein?»
Daniela antwortete so leise, dass Manuel, der die ganze Zeit zu den dreien hinübergesehen hatte, nicht verstand, was sie sagte.
«Wieso das denn auf einmal?», fragte Sonja überrascht und abweisend zugleich.
Daniela sprach wieder sehr leise. Sonja rückte mit ihrem Stuhl dichter heran. Sie nickte. Zögernd zuerst, dann immer bereitwilliger.
Manuel war erleichtert, als er sah, wie die drei Mädchen jetzt die Köpfe zusammensteckten. Gleich nach der Deutschstunde gestern war es ihm richtig gut gegangen. Das Clustern mit Pia hatte ihm Spaß gemacht.

Erst im Laufe des Nachmittags, während er auf der Tankstelle die lehmverdreckten Fußmatten eines Jaguars absaugte, war dann mit einem Mal dieses merkwürdige Unbehagen bei ihm aufgekommen. Eigentlich gab es überhaupt keinen Grund dafür.
Er hatte das unsinnige Gefühl, etwas Verbotenes getan zu haben, als er sich mit Pia beim Schreiben vergnügt hatte. Und dieses Gefühl hatte etwas mit Daniela zu tun, das spürte er.
Verrückt, hatte er gedacht. Total verrückt.
Als er die drei Mädchen jetzt so einträchtig miteinander flüstern sah, schien sich das Unbehagen in ihm zu legen. Na prima, redete er sich ein. Alles wieder in Butter.
Er hatte vorgehabt, Daniela zu fragen, ob sie am Nachmittag wieder zusammen in den Hafen fahren wollten. Heute war sein freier Tag. Mittwoch. Und es ging aufs Monatsende zu. Da war nicht viel los auf der Waschstraße, und Elif würde allein klarkommen.
Aber Daniela schien schon etwas vorzuhaben für den Nachmittag. Außerdem steckte sie den ganzen Vormittag mit den Mädchen aus ihrer Gang zusammen. Manuel fand keine Gelegenheit, mit ihr zu reden.

Am Ende war es ganz gut, dass er sich mit Daniela nicht verabredet hatte. Denn als er zu Hause am Mittagstisch saß und seine Fischstäbchen aß, ging das Telefon. Sein Vater war dran.
«Gut, dass du da bist, Manuel. Kannst du heute für Elif einspringen?»
«Ist sie wieder nicht gekommen?»
«Doch, sie ist da. Aber sie hat gekündigt. Hals über Kopf. Ich weiß auch nicht, was jetzt wieder mit dem Mädchen los ist. Sie sagt, sie bleibt heute nur so lange, bis du sie ablöst.»
«Sonst hat sie nichts gesagt?»
«Gibt es da denn was, das ich wissen sollte?», fragte sein Vater.

«Nein», antwortete Manuel schnell. «Ich bin dann gleich unten.» Er legte auf.

Elif hatte ihr Fach schon geräumt. Sie stand mit einer Aldi-Tüte in der Hand neben der Kasse. Sie trug die Pauli-Jacke und auch das Kopftuch.

«Aber Sie brauchen mir nichts zu geben für diese Woche, Herr Schlüter», sagte sie. «Ich weiß auch, dass ich Sie hängen lasse. Und dass man so was nicht tut. Es tut mir sehr Leid, Herr Schlüter. Wirklich.»

Manuels Vater sah sie besorgt an. Dann zählte er ihr ein paar Scheine auf die Hand.

«Aber das sind 300 Mark zu viel», protestierte Elif.

Manuels Vater winkte ab. «Lass mal gut sein, Elif. Und wenn ich dir irgendwie helfen kann, melde dich. Ich meine das ernst.»

Elif schluckte. «Ich weiß, Herr Schlüter.»

«Und du kannst jederzeit wiederkommen, Elif», sagte Manuels Vater noch. «Ich war immer sehr zufrieden mit dir.»

Manuel war richtig stolz auf seinen Vater. Wie der das wieder brachte! Keine einzige Frage, aber 'n Blankoscheck. Manuel hätte ihn knutschen können.

Doch das musste er auf später verschieben. Denn Elif verlor ganz plötzlich die Fassung. Sie schlug sich die freie Hand vors Gesicht, drehte sich um und stürzte an ihm vorbei aus dem Tankstellen-Shop.

Sie rannte so schnell, dass Manuel sie erst auf dem Spielbudenplatz einholte. «Was ist denn los auf einmal? Warum hörst du plötzlich auf bei uns?»

Ihr rundes Gesicht war total verheult. Ihre Augen sahen verletzt aus. Aber das war ihr egal. Sie nahm die Hand herunter und starrte ihn wütend an. «Das fragst ausgerechnet du.»

«Ich will dir doch helfen, Elif.»

«Ich hab dir schon mal gesagt: Auf deine Hilfe verzichte ich. Lasst mich bloß in Ruhe, du und deine Freundin.»
«Aber du hörst doch nicht wegen Daniela bei uns auf?», fragte Manuel entgeistert. «Das ist doch totaler Quatsch, Elif! Daniela tut dir nichts mehr. Sie hat es mir versprochen.»
«Ach, ja? Du kapierst aber auch überhaupt nichts, wie? Sieh mich doch an!» Sie zeigte auf ihr Kopftuch.
«Das brauchst du nicht zu tragen, Elif. Wirklich nicht. Wenn Daniela das von dir verlangt hat, dann war das garantiert nur ein Scherz.»
«Toller Scherz», sagte sie bitter. «Na, du wirst dich noch wundern, du Scherzkeks. Aber lass mich in Ruhe, ja? Ich will nichts mehr zu tun haben mit dir, Manuel Schlüter. Nie wieder, hörst du!»
Sie drehte sich um und rannte weiter.

Sein Vater warf ihm einen eigenartigen Blick zu, als er auf die Tankstelle zurückkam. Er wartet, dass ich zu ihm komme, dachte Manuel. Aber er hatte keine Lust zu reden. Er wollte seine Ruhe haben.
Am liebsten hätte er alles hingeschmissen und bei Icky Gitarre gespielt. Warum muss ich die Gitarre meines Großvaters eigentlich verstecken, dachte er wütend, während er den Porsche von Albaner-Jack rückwärts an die Staubsaugersäule fuhr.
Im letzten Moment sah er, dass er zu viel Tempo draufhatte. Er konnte gerade noch gegensteuern. Zwei Millimeter weiter nach links, und er hätte eine Schramme in das Heck des Sportwagens gefahren.
Scheiße, dachte er.
Scheiße, Scheiße, Scheiße!
Um ein Haar wäre er auch noch seinen Führerschein losgeworden. Keinen richtigen natürlich. Einen Tankstellen-Führerschein. Das

Autofahren hatte ihm sein Vater auf dem Lkw-Hof von Blohm & Voss beigebracht, an drei Sonntagen, als auf der Werft nicht gearbeitet wurde. Der Pförtner hatte sich zuerst geziert. «Das geht nicht, Hannes.» Dabei hatte er begierig auf die Stange Zigaretten geblickt. Als Manuels Vater ihm die Camels unter der Glasscheibe hindurchschob, hatte er sie schnell unter seiner Arbeitsplatte verschwinden lassen und auf den Knopf gedrückt, der die Schranke öffnete.

Manuels Tankstellen-Führerschein war ein postkartengroßes Stück dünne weiße Pappe mit aufgetackertem Passfoto, Stempel und Unterschrift. Auf die Rückseite war Manuels «Punktekonto in Flensburg» gedruckt, zusammen mit den Verstößen, für die es Punkte gab. Für eine Schramme an einem Kundenauto gab es 6 Punkte. Unnötiges Herumkariolen auf dem Tankstellengelände brachte 3, in schwereren Fällen 6 Punkte. Eine Spritztour vom Privatgelände auf die öffentliche Straße wurde mit 12 Punkten bestraft. Bei 12 Punkten wurde der Führerschein unwiderruflich eingezogen. Manuel wusste, dass unwiderruflich bei seinem Vater einfach nur unwiderruflich hieß. Deshalb passte er höllisch auf, dass er die Verkehrsregeln für seinen Führerschein haargenau einhielt. Trotzdem hatte er einmal, als er am Radio eines Golfs herumfummelte, einen Kratzer in den Kotflügel gefahren. Eine weitere Schramme konnte er sich nicht leisten.

Er versuchte, sich auf seine Arbeit zu konzentrieren. Das funktionierte sogar. Irgendwann kam ihm dann der Gedanke, dass Elif vielleicht ja auch was Besseres gefunden hatte, einen Job, bei dem sie mehr verdiente als hier auf der Tankstelle. Konnte doch sein.

Ihm fiel ein, wie Elif das mit der Pauli-Lederjacke geregelt hatte. Erst heimlich einen Schnitt ins Futter und dann runterhandeln. Elif war clever. Sie tat nur immer so harmlos.

Klar hatte die einen neuen Job. Aber sie wollte es sich auch mit Hannes Schlüter nicht verderben. Man kann ja nie wissen.

Und das Kopftuch?

Alles erfunden wahrscheinlich. Damit Elif sich als das arme Opfer von Daniela verkaufen konnte.

Manuel wurde immer gefrusteter, je länger er über alles nachdachte.

Hat doch prima geklappt, dachte er wütend. Mein Vater hat ihr sogar noch drei Hunderter nachgeworfen.

vierzehn

Sie hatten sich im Jugendzentrum verabredet, in dem kleinen Raum hinter dem Billardsaal. Der Billardsaal war in Wirklichkeit gar kein richtiger Saal. Es passten gerade mal zwei Billardtische hinein, und die standen so dicht beieinander, dass es oft Ärger gab, wenn sich zwei Spieler mit ihrem Queue gegenseitig behinderten.

Normalerweise herrschte andächtige Stille im Saal. Die Billardleute duldeten keinen Lärm. Dann könnten sie sich nicht auf ihre Stöße konzentrieren, sagten sie. Besonders oft sagten sie das, wenn Mädchen in Hörweite waren. Sie grinsten dabei anzüglich.

Meistens war der kleine Raum nebenan deshalb leer geblieben. Bis Daniela und ihre Gang sich dort eingenistet hatten.

Seitdem erfreute sich das kahle Nebenzimmer plötzlich wachsender Beliebtheit bei manchen Jungen. Meistens, nicht immer, scheuchte Daniela sie hinaus. «Ihr stört. Merkt ihr das gar nicht?»

Als Pia kam, saßen Sonja, Aysche und Daniela schon in den abgenutzten Sesseln. Daniela malte mit einem Filzer in einer Zeitschrift herum.

Pia war außer Atem. Sie hatte sich sehr beeilt, um nicht noch mehr

zu spät zu kommen. «Ich kann aber wirklich nicht lange», sagte sie. «Mein Vater kommt heute.»
Daniela steckte den Filzer ein und stand auf.
Wann ihr Vater denn komme, wollte sie wissen.
«So gegen halb sechs. Spätestens um fünf muss ich zu Hause sein.»
Bis dahin seien sie längst zurück, beruhigte Daniela sie. «Kommt, wir fahren gleich los.»
Pia hatte eigentlich vorgehabt, sich heute Nachmittag überhaupt nicht mit der Gang zu treffen. Sie wollte ihren Vater unter keinen Umständen verpassen.
Aber dann hatte Daniela heute Morgen so begeistert von diesem Gebäude geschwärmt, das sie im Hafen entdeckt hatte. «Das steht völlig leer», hatte sie gesagt. «Da können wir machen, was wir wollen. Kein Aas hört uns dort. Da richten wir uns eine tolle Weiberhöhle ein.»
Dabei hatte sie den Arm um Pia gelegt, so wie sie es schon lange nicht mehr getan hatte, und Pia hatte die Aufmerksamkeit genossen, mit der Daniela sie auf einmal überschüttete.
Sie hatte schon Angst gehabt, dass Daniela sauer auf sie wäre, weil sie in letzter Zeit so oft nicht zu den Treffen gekommen war.
Alles nur Einbildung, dachte sie jetzt und war froh, dass sie die Gang nicht wieder versetzt hatte.
Sie fuhren auf ihren Rädern zum Hafen hinunter.
An den Landungsbrücken kaufte Daniela Eistüten für alle.
«Die essen wir in unserer neuen Weiberhöhle», sagte sie.
«Aber dann sind sie doch längst geschmolzen», protestierte Sonja.
«Nicht, wenn wir uns beeilen», sagte Daniela.
«Dann aber los!», rief Aysche.
Sie fuhren an der Autoschlange vor dem Tunnel-Aufzug vorbei.

Ein junger Opelfahrer hupte ärgerlich, als sie sich vor ihn setzten und ihm den Weg abschnitten.

«Ey, ihr seid noch nicht dran!», rief der Mann mit der weißen Mütze.

Daniela machte ein schuldbewusstes Gesicht. «Ja, ich weiß. Aber es ist ein ganz dringender Notfall.»

Der Mann zögerte. Dann nickte er und ließ die Aufzugtür zugleiten.

Sonja hielt sich den Bauch vor Lachen. «Ein ganz dringender Notfall», japste sie. «Unser Eis schmilzt gleich.»

«Ist doch wahr», sagte Daniela. «Bei der Hitze heute!»

Sie sahen sich an und lachten und merkten gar nicht, dass der Lift unten angekommen und der alte VW-Käfer, der mit ihnen im Aufzug gewesen war, längst weggefahren war.

Pia sah, dass sich ein blauer Kleinlastwagen mit zwei Männern darin in den Lift schieben wollte. Sie schob schnell ihr Rad davor.

«Ey, ihr Penner!», rief Sonja. «Könnt ihr einen denn nicht mal in Ruhe aussteigen lassen?»

Sie stellten sich mit ihren Fahrrädern absichtlich so ungeschickt an, dass der Wagen zwei Meter zurücksetzen musste.

Daniela grinste Pia an. «Toll, dass du doch noch gekommen bist.»

«Find ich auch», antwortete Pia.

Sie hatte zu Hause noch schnell eine CD-ROM in den Computer geschoben, die ihr Vater ihr schon vor Monaten mal geschenkt hatte und in die sie nie reingeguckt hatte. Um Vulkane ging es da. Ätzend! Wen interessiert denn so was?

Aber als sie vorhin mal kurz durch die Menüs klickte, war was Komisches passiert. Sie hatte sich in dem Bericht über Neapel festgelesen. Millionen Menschen lebten da zwischen dem Vesuv und einem vulkanischen Feld im Norden der Stadt. Der Vesuv war eigentlich längst überfällig. Jeder wusste, dass der Vulkan schon vor Jahrzehnten wieder hätte ausbrechen müssen. Trotzdem bauten die Neapolitaner immer neue Häuser an seinen Hängen.

Verrückt, hatte sie gedacht. Die sind doch total plemplem.

Fasziniert hatte sie neue Links angeklickt. Auf dem Bildschirm war eine alte Stadt erschienen, mit schmalen Kopfsteinpflasterstraßen und verwinkelten Häusern. Die Stadt war vor zweitausend Jahren so plötzlich von einem Aschenregen des Vulkans verschüttet worden, dass die Menschen nicht mehr hatten fliehen können. Ihre Leichen hatte man Jahrhunderte später erst ausgegraben. Einige von ihnen schienen mitten in der Bewegung erstarrt zu sein.

Pias Blick war auf den kleinen schwarzen Funkwecker gefallen, der auf ihrem Schreibtisch stand.

Mist! Sie musste doch los.

Jetzt war sie froh, dass sie dem kurzen Impuls, das Treffen mit der Gang einfach sausen zu lassen, nicht nachgegeben hatte. Neben Daniela jagte sie auf der holperigen Straße am Werftgelände von Blohm & Voss entlang. Sie war gespannt, was für ein Gebäude das wohl war, das Daniela hier irgendwo entdeckt hatte. Einladend sah das hier alles nicht gerade aus.

«Stopp!», schrie Daniela plötzlich.

Sonja und Aysche hatten einen Zwischenspurt eingelegt und waren schon fast 50 Meter an dem verrosteten Eisentor vorbeigefahren, an dem Daniela jetzt anhielt.

«Hier?», fragte Pia. Enttäuscht blickte sie durch den Maschendraht auf das von Unkraut überwucherte, verwilderte Gelände und die herausgeschlagenen Fensterscheiben des heruntergekommenen roten Klinkergebäudes.

«Das ist doch super», sagte Daniela. «Hier sind wir ganz für uns. Und wir haben jede Menge Platz.»

«Toll!», rief Aysche, als sie keuchend zurückkam. «Wie hast du das denn gefunden?»

Sonja warf ihr Fahrrad gegen den Zaun und versuchte, ob sie sich durch das Tor zwängen konnte.

«Warte», sagte Daniela. «Wir nehmen die Räder mit rein. Muss ja nicht gleich jeder sehen, dass hier jetzt Action ist.»

Pia schaute sich um. «Hier ist doch gar keiner», wandte sie ein. «Die paar Autos, die hier vorbeikommen.»

«Umso mehr fällt es doch auf, wenn hier jetzt plötzlich Fahrräder stehen», sagte Daniela.

Sonja hatte es endlich geschafft, sich durch den Spalt zwischen den beiden Torflügeln zu zwängen.

«Gib mir mein Rad mal rüber, Aysche», sagte sie.

Sie hoben alle vier Fahrräder über das Tor und lehnten sie von der anderen Seite gegen den Zaun.

«Geil», sagte Daniela zufrieden. «Alle Spuren beseitigt.»

Sonja und Aysche kicherten.

Pia wunderte sich für einen Moment, warum die beiden sie so merkwürdig anblickten. Aber sie dachte sich nichts weiter dabei.

«Wo wollen wir das Eis essen?», fragte Daniela. «Drinnen?»

«Klar», sagte Sonja.

Sie drangen durch eine angelehnte Tür in das Gebäude ein. Daniela ging voran. Pia wollte Sonja und Aysche den Vortritt lassen, aber Sonja schüttelte den Kopf.

«Du zuerst.»

Drinnen war alles völlig verstaubt, als ob das Haus schon seit Ewigkeiten leer stünde. Uralte dicke Spinnweben hingen von der Decke. Pia fiel der ungewöhnliche Geruch auf. Er erinnerte sie an etwas. Ja, genau, an Weihnachten! Und er wurde immer intensiver, je weiter sie vordrangen.

Am stärksten war dieser Duft in dem Lagerraum, in den sie schließlich über ein paar knarrende Holzstufen gelangten.
Sie falteten sich jeder einen leeren Jutesack von dem Stapel zu einem Kissen und aßen ihr Eis.
«Echt lecker», sagte Daniela. Sie knüllte das Papier zusammen und warf es in die Ecke. «Und was machen wir jetzt? Wie wär's mit dem Wahrheitsspiel?»
«Wie geht das denn?», fragte Sonja.
«Ach, das kennst du doch», sagte Daniela mit einem beschwörenden Ton in der Stimme. «Dieses Spiel, bei dem man auf jede Frage einfach immer nur die Wahrheit sagen muss. Du weißt schon, Sonja.»
«Klar.» Sonja blickte unsicher von einer zur anderen.
«Und woher weiß man, ob die Antwort wahr ist?», fragte Aysche.
«Ach, das machen wir ganz demokratisch», antwortete Daniela und sah dabei Pia an. «Wir stimmen ab.»
«Und wenn eine Antwort gelogen war?», wollte Sonja wissen.
Daniela überlegte. «Tja, das können wir natürlich nicht einfach so durchgehen lassen. Dann ist eine kleine Strafe fällig. Was könnte das denn mal sein?»
«Eine Zigarette pro Lüge», schlug Aysche vor.
«Oder eine Backpfeife», sagte Sonja. «Keine wirklich dolle. Nur so aus dem Handgelenk.»
Daniela winkte ab. «Zu langweilig. Das soll doch ein Spiel sein. Wir wollen Spaß dabei haben. Ich hab's. Wenn die Kandidatin lügt, muss sie was ausziehen. Für jede Lüge ein Kleidungsstück.»
Pia hörte dem Ganzen mit wachsender Sorge zu. Irgendetwas war hier faul. Das spürte sie.
«Wer fängt an?», fragte Daniela und sah wieder Pia an. Langsam hob sie den Arm. «Ich stimme für dich, Pia.»
Da kapierten die anderen.

«Ich auch!» Aysche streckte den Zeigefinger hoch.
«Klar», sagte Sonja.
Pia fuhr herum.
Sonja hatte sich unbemerkt hinter ihr aufgebaut. Sie hatte die Arme leicht angewinkelt, bereit zuzupacken.
Pia erschrak.
Sie hatte sich hereinlegen lassen. Daniela hatte das alles von langer Hand vorbereitet.
Sie war ihr in die Falle gegangen.

Wie ein Guru thronte Daniela auf den übereinander gelegten leeren Säcken. Sie hatte die Beine untergeschlagen und saß mit durchgedrücktem Rückgrat da.
Aysche und Sonja standen rechts und links neben Pia, ungefähr einen halben Schritt hinter ihr.
«Testfrage», sagte Daniela. «Wir probieren erst mal aus, ob alle die Spielregeln verstanden haben. Kandidatin Pia, wie ist heute das Wetter?»
Pia presste die Lippen zusammen. Sie hatte keine Lust, sich hier zum Affen zu machen, nur weil sie ein paar Mal nicht zu den Gangtreffen erschienen war.
«Wenn sie gar nicht antwortet», fragte Sonja hoffnungsvoll, «darf ich ihr dann doch eine runterhauen?»
«Klar», sagte Daniela.
«Heute scheint die Sonne», sagte Pia schnell.
«Richtig», entschied Daniela. «Irgendwelche Gegenstimmen?»
Keine meldete sich. «Okay, dann können wir jetzt zur ersten richtigen Frage übergehen.»
Pia war gespannt, was nun wohl kommen würde.
Daniela starrte ihr ins Gesicht. «Seit wann bist du scharf auf Manuel?», fragte sie.

Pia fuhr auf. Was war denn das für eine blöde Frage?
«Bin ich doch gar nicht!», sagte sie.
«Erste Lüge», sagte Daniela.
Aysche bückte sich und streifte Pia den linken Turnschuh ab.
Pia ließ es geschehen. Sie beachtete Aysche gar nicht.
Sie sah Daniela an. «Wie kommst du denn auf so was? Manuel interessiert mich überhaupt nicht. Das ist doch ein ...» Sie suchte nach dem passenden Wort, aber es wollte ihr so schnell nicht einfallen. «Das ist doch ein Schnuller», sagte sie schließlich, bewusst übertreibend, weil sie hoffte damit endgültig klarzustellen, dass sie sich nichts aus ihm machte.
Danielas Gesicht versteinerte. Sie hatte plötzlich diesen kalten Blick. Aber ihre Stimme wurde zuckersüß. «Ach, wirklich? Und warum schmeißt du dich ihm dann an den Hals?»
Pia schüttelte fassungslos den Kopf. «Ich? Wann soll das denn gewesen sein?»
«Vorgestern, zum Beispiel», sagte Daniela. «Beim Clustern.»
«Quatsch!», rief Pia. «Da hat er ‹Vögeln› hingeschrieben und ich hab losgekichert und dann auch irgendwas in der Art geschrieben.»
«Zweite Lüge», sagte Sonja. «Ich hab genau gesehen, wie sie sich an Manuel rangeschmissen hat. Alle in der Klasse haben es gesehen. Los, Aysche, zieh ihr den anderen Schuh aus.»
Aysche bückte sich und streifte Pia den zweiten Turnschuh ab.
«Ihr könnt ihr gleich noch zwei weitere Sachen ausziehen», sagte Daniela.
«Warum das denn auf einmal?», fragte Pia empört. «Ich hab doch kein Wort gesagt.»
«Du hast Manuel beleidigt», sagte Daniela.
«Stimmt», sagte Sonja. «Du hast ihn Schnuller genannt. Dafür können wir dich eigentlich auch gleich ganz ausziehen.»

Pia sah sich hastig um. Sie musste hier weg. Aber sie hatte den richtigen Moment zur Flucht längst verpasst. Sonja schlang von hinten die Arme um sie. Sie presste Pia fest an sich und hob sie hoch. Pia strampelte verzweifelt mit den Beinen und versuchte sich zu befreien.
«Los, Aysche», rief Sonja. «Zieh ihr die Hosen aus.»
Pia strampelte noch heftiger.
Aysche kam nicht an sie heran.
«Warte, ich helf dir», rief Sonja.
Sie hielt Pia mit einem Arm fest, suchte mit der anderen Hand nach dem Knopf und dem Reißverschluss an Pias Jeans.
Aysche sprang vor und fasste Pias rechtes Hosenbein. Als sie zog, rutschte die Hose bis in die Kniekehlen. Ein Ruck, und Aysche schleuderte die Jeans weg.
«Auch gleich den Slip», rief Sonja.
Pia hatte ein glänzendes schwarzes Höschen an, das an den Seiten von einem dünnen Gummiband gehalten wurde.
Aysche wich Pias Beinen aus und näherte sich ihr von der Seite. Sie schaffte es, einen Finger unter das Band zu schieben. Sie zog einmal kräftig. Die beiden Bänder rissen und Aysche hatte den Slip in der Hand. Kichernd hielt sie ihn mit spitzen Fingern hoch und ließ ihn wie eine Stripperin ein paar Mal über ihrem Kopf kreisen. Dann ließ sie den Slip los und er segelte davon.
Sonja nahm Pia jetzt in den Schwitzkasten.
«Los, Aysche!», rief sie.
Aysche schob Pias T-Shirt hoch. Gemeinsam streiften sie es Pia über den Kopf.
Nun war Pia nackt.
«Bringt sie hierher», sagte Daniela.
Sonja legte wieder die Arme um Pia. Aysche nahm ihre Beine. So trugen sie Pia zu Daniela zurück.

Sie legten Pia auf den Boden. Sonja hielt sie an den Armen fest und Aysche an den Beinen.

Daniela saß immer noch auf dem Sackstapel. Sie hatte sich wieder in den Lotussitz zurücksinken lassen.

«Also, was ist nun?», fragte sie. «Gibst du jetzt endlich zu, dass du dich an Manuel rangeschmissen hast?»

Pia bewegte heftig den Kopf von einer Seite zur anderen. Ihr Körper bäumte sich auf, doch Sonja und Aysche hielten sie eisern fest.

«Aber das stimmt doch gar nicht, Daniela. Ich hab mich nicht an ihn rangemacht.»

«Meine Güte», stöhnte Aysche, «ist die stur!»

«Wir können ihr ja mal ein bisschen die Zunge lösen», sagte Sonja.

«Du nicht!», fuhr Daniela sie ärgerlich an. «Ich leite hier das Verhör.»

Sie holte eine Packung Zigaretten und ein Feuerzeug aus der Hosentasche, steckte sich eine Zigarette zwischen die Lippen und zog kräftig daran, bis die Glut in dem dämmerigen Licht leuchtete.

Dann stand sie auf und hockte sich neben Pia.

Sie zog noch einmal an der Zigarette, wieder ohne zu inhalieren.

«So», sagte sie und lächelte auf Pia hinunter. «Jetzt wollen wir doch mal sehen, ob du nicht doch lieber die Wahrheit sagen willst.» Sie bewegte die Glut dicht über Pias Busen, ihren Bauch und ihre Schenkel. Pia hatte den Kopf angehoben und folgte der Zigarette mit ängstlichen Augen.

fünfzehn

Heute Nachmittag war nicht viel los an der Tankstelle, das heißt, an den Zapfsäulen und in der Waschstraße schon, aber nicht bei der Innenreinigung. So was kam vor.

Manuel wusch sich auf dem Herrenklo die Hände, trocknete sie sorgfältig ab und ging an das Zeitschriftenregal. Zuerst griff er nach einer ‹Bravo›, legte sie aber gleich wieder zurück und nahm ein Szeneblatt, das auf dem Cover ‹10 todsichere Anmachtipps› versprach.

Aber bevor er den Artikel gefunden hatte, sah er in dem runden Spiegel an der Decke, dass sein Vater in den Shop kam. Manuel stellte die Zeitschrift schnell wieder an ihren Platz zurück. Hannes Schlüter hatte es nicht gern, wenn sein Sohn Zeitschriften las, die noch verkauft werden sollten.

«Schlechtes Beispiel für die Kunden», pflegte er zu meckern.

Jetzt sagte er was anderes: «Flaues Geschäft für dich heute, was?»

«Innenreinigung scheint out zu sein», sagte Manuel.

Sein Vater lachte. «Von mir aus kannst du gehen. Du hast doch das Handy. Ich melde mich, wenn was ist.»

Manuel fuhr zu Icky. Icky war natürlich nicht da. Sie stand in ihrer Kneipe.

Manuel setzte sich in der leeren Wohnung auf den Balkon und klimperte ein bisschen.

Aber so richtig toll fand er das auch nicht. Schade, dass er Daniela heute Morgen nicht doch gefragt hatte. Vielleicht hätten sie zusammen ins Schwimmbad fahren können.

Seit Elif gekündigt hatte, jobbte er jetzt jeden Nachmittag an der Tankstelle. Dabei brauchte er gar nicht so viel Kohle. Wenn das nicht bescheuert war.

Und wenn er sich doch mal was gönnte, wie Andy Dunns Gitarre, zum Beispiel, dann musste er die auch noch vor seinen Eltern verstecken.

Wie lange sollte das eigentlich noch so weitergehen?
Bis heute, beschloss er.
Und keinen Tag länger!
Er holte den ramponierten Gitarrenkoffer mit den verblichenen Aufklebern, legte das Instrument behutsam hinein und fuhr zur Tankstelle zurück.
«Schon wieder da?», fragte sein Vater verwundert, als Manuel den Shop betrat. Dann bemerkte er den Koffer. Er kniff die Augen zusammen. Das machte er manchmal. Wenn er Gefahr witterte.
«Was ist das denn?»
Manuel nahm seinen ganzen Mut zusammen. Diesmal würde er sich nicht einschüchtern lassen.
«Meine Gitarre», sagte er so fest wie möglich. «Ich hab sie gekauft. Von meinem Tankstellengeld.» Er zögerte einen Moment. Er wollte sehen, wie sein Vater reagierte. Aber der blickte ihn nur starr an. Deshalb setzte er entschlossen hinzu: «Sie hat früher mal Opa gehört.»
Sein Vater erwiderte immer noch nichts. Sein Gesicht war blass geworden. So hatte Manuel ihn noch nie gesehen.
Aber er gab nicht nach. «Ich hab sie schon vor ein paar Tagen gekauft», sagte er. «Ich übe heimlich bei Icky. Aber ich will das nicht mehr. Ich will in meinem eigenen Zimmer spielen, wie jeder andere auch.»
Sein Vater fand endlich doch noch seine Sprache wieder. «Aber du weißt doch selbst, dass Mutti ...»
«Trotzdem», unterbrach Manuel ihn wütend. Er hatte bis eben selbst nicht gewusst, wie sehr er unter dieser Heimlichtuerei mit der Gitarre seines Großvaters gelitten hatte. Er wollte, dass das aufhörte.
Und er war bereit, einen langen Kampf dafür durchzustehen, wenn es sein musste. Auf keinen Fall würde er sich wieder mit

diesen ewigen Hinweisen auf die Macken seiner Mutter abspeisen lassen.

Sein Vater sah ihn ärgerlich an.

Er sucht nach den richtigen Argumenten, dachte Manuel. Er bereitete sich innerlich auf die unvermeidliche Auseinandersetzung vor. Zum Glück war der Shop gerade leer. Kein Kunde und kein Angestellter weit und breit. Also Ring frei zur zweiten Runde.

Doch da sagte sein Vater plötzlich etwas, das ihn glatt umhaute.

«Ist gut, mein Junge», sagte er.

Manuel starrte ihn verblüfft an.

Aber sein Vater war noch nicht fertig. Noch nicht ganz jedenfalls.

«Aber du musst mir helfen», sagte er und wurde ein bisschen verlegen dabei. «Wir müssen ihr das irgendwie schonend beibringen. Das mit Opas Gitarre. Leicht wird das nicht.»

sechzehn

Pia lag nackt auf dem Rücken. Sie spürte, wie sich Steinchen und Mörtelstückchen, die sich im Laufe der Jahrzehnte von der Decke und den Wänden gelöst hatten, in ihre Haut drückten. Sie fühlte die Hitze der Zigarettenglut, die langsam über ihren Körper wanderte. Wenn die Hitze stärker wurde, hielt sie unwillkürlich den Atem an.

Und die ganze Zeit versuchte sie herauszufinden, wie das hier hatte passieren können. Sie war völlig ahnungslos in die Falle getappt und hatte dann alles nur noch schlimmer gemacht.

Einen Schnuller hatte sie Manuel genannt.

Damit schien sie Daniela tief getroffen zu haben. Sie wirkte seitdem so kalt und verletzt, als sei sie nur noch auf eines aus, auf

Rache. Aber Pia hatte keine Ahnung gehabt, dass Daniela offenbar in Manuel verknallt war.

«Letzte Chance», sagte Daniela jetzt. «Gib's endlich zu: Du bist scharf auf Manuel!»

Pia hätte nichts dagegen gehabt, es zuzugeben, auch wenn es nicht der Wahrheit entsprach. Aber sie war vorsichtig geworden. Sie war nicht sicher, ob sie durch ein falsches Geständnis nicht alles noch viel schlimmer für sich machen würde.

Deshalb schüttelte sie den Kopf. «Nein, da ist nichts. Wirklich nicht, Daniela.»

Dann spürte sie den Schmerz.

Daniela hatte die Zigarette ganz langsam auf ihre linke Schulter gesenkt. Die Hitze wurde unerträglich. Es roch nach verbrannter Haut.

Pia riss den Mund weit auf und schrie so laut, dass ihr der Schrei in den eigenen Ohren gellte.

Gleichzeitig versuchte sie sich loszureißen. Aber Sonja und Aysche hielten sie an den Handgelenken und Fußknöcheln fest. Aysche hatte sich zusätzlich noch auf ihre Waden gekniet.

Als Daniela die Zigarette wieder fortnahm, ließ Pia erschöpft ihren Kopf zurücksinken. Sie atmete hechelnd. Ihre Gedanken rasten. Es musste doch eine Möglichkeit geben, diesen Wahnsinn zu beenden!

Sie hob wieder den Kopf und sah, dass Daniela die Zigarette an den Mund führte. Diesmal inhalierte sie. Sie machte mehrere tiefe Lungenzüge, bis die Glut in dem Dämmerlicht wieder gefährlich leuchtete.

Dann starrte sie auf Pia herunter. «Was ist nun? Gibst du's zu?»

Pia schüttelte den Kopf. «Bitte, Daniela, das hat doch alles keinen ...»

Weiter kam sie nicht.

Daniela drückte ihr die Zigarettenglut auf die linke Brust.
Der Schmerz war schlimmer als beim ersten Mal, jedenfalls kam es Pia so vor. Sie schrie gellend und versuchte wieder sich loszureißen.
Sonja und Aysche sahen sich besorgt an.
«Wenn die so weiterkreischt, haben wir hier bald die Bullen am Hals», sagte Sonja.
«Dann stopf ihr doch das Maul», sagte Daniela.
«Und womit?»
Daniela stand auf und blickte sich um. Dann entfernte sie sich ein paar Schritte. Als sie zurückkam, hatte sie Pias zerrissenen Slip in der Hand.
«Damit, zum Beispiel.» Sie warf Sonja den Slip zu.
Sonja fing das schwarze Höschen mit einer Hand auf. In dem Moment, in dem sie Pias Handgelenk losließ, drehte Pia sich zur Seite und versuchte auch den anderen Arm freizubekommen.
Sonja warf sich auf sie und drückte sie wieder auf den Fußboden hinunter. Dann presste sie Pias Handgelenke mit einer Hand auf die Holzbohlen und versuchte Pia den Slip in den Mund zu stopfen.
Pia biss die Zähne zusammen. Der Slip hatte auf dem schmutzigen Boden gelegen. Er war staubig und mit Spinnweben bedeckt. Sie hatte nicht die Absicht, ihn in den Mund zu nehmen. Sie hatte Angst, dass ihr dann schlecht würde.
«Ich krieg ihn nicht rein», sagte Sonja.
«So geht das auch nicht», antwortete Daniela genervt. «Du musst ihr gleichzeitig die Nase zuhalten.»
«Wie denn?», fragte Sonja gereizt. «Ich hab nur zwei Hände.»
«Dann machen wir es eben anders», sagte Daniela. «Moment!»
Sie zog an ihrer Zigarette, jetzt wieder ohne zu inhalieren. Fünf- oder sechsmal paffte sie, bis die Glut ein sattes helles Rot hatte.

«Pass auf, dass du deinen Einsatz nicht verpennst», sagte sie zu Sonja.

Pia hatte noch gar nicht kapiert, was Daniela meinte. Erst als sie plötzlich den glühenden Schmerz auf ihrem Bauch spürte und den Mund aufriss, um zu schreien, begriff sie endlich.

Sie wollte den Mund wieder schließen. Doch es war schon zu spät. Sonja stopfte ihr den Slip zwischen die Zähne.

Pia würgte verzweifelt.

Daniela beachtete ihre Versuche, sich von dem Knebel zu befreien, überhaupt nicht.

Sie zündete sich eine neue Zigarette an und brachte die Glut zum Leuchten.

«Okay, nächster Versuch», sagte sie. «Ach, du kannst ja jetzt nicht mehr reden. Macht nichts. Dann nickst du eben. – Also, was ist? Gibst du endlich zu, dass du mir Manuel wegnehmen wolltest?»

Pia schüttelte den Kopf.

Daniela drückte ihr die Glut knapp über den Bauchnabel.

«Na?»

Pia bäumte sich auf vor Schmerz. Gleichzeitig schüttelte sie den Kopf.

«Ey, du verdammte Nutte», schrie Daniela. Sie wurde immer wütender. «Glaubst du, ich lass mich hier von dir verarschen oder was?»

Sie zog ein paar Mal an ihrer Zigarette. Dann drückte sie die Glut an verschiedenen Stellen auf Pias Körper. Pia warf sich hin und her, versuchte, ihre Arme und Beine frei zu bekommen, und bäumte sich verzweifelt auf.

Je mehr Pia sich wehrte, desto rasender wurde Daniela. An immer anderen Stellen drückte sie Pia ihre Zigarette auf die Haut. Ganz plötzlich gab Pia jeden Widerstand auf und ließ sich auf den Boden zurücksinken.

Daniela drückte ihr die Zigarette auf den Oberschenkel. Als Pia keinen Laut von sich gab, ließ sie von ihr ab.
«Ich muss jetzt auch erst mal eine rauchen», sagte Aysche und stand auf.
«Ich auch.» Sonja ließ Pia ebenfalls los und erhob sich.
Pia lag da und rührte sich nicht. Aber sie hatte die Augen geöffnet. Sie wartete, bis Aysche und Sonja sich mit ihren Zigaretten über Danielas Feuerzeug beugten.
Plötzlich sprang sie auf und rannte auf die Treppe zu. Sie hatte einen guten Vorsprung. Wahrscheinlich hätte sie es sogar geschafft, die Stufen zu erreichen. Aber ihr fiel ein, dass sie völlig nackt war.
Sie blieb abrupt stehen, sah sich hastig um und lief auf ihre Jeans zu, die ein paar Schritte entfernt auf dem Boden lagen.
«Die haut ab!», schrie Sonja und stürzte los.
Sie holte Pia kurz vor der Treppe ein und schlang von hinten die Arme um Pias von Brandwunden übersäten Oberkörper. Pia schrie auf vor Schmerz. Dann riss sie ihren Kopf nach hinten und traf Sonja mit voller Wucht an der Nase. Sonja ließ sie los und fasste sich ins Gesicht.
«Ich blute!», schrie sie empört. «Du dreckige Nutte hast mir 'ne Boxernase verpasst!»
Sie sah, dass Pia wieder auf die Treppe zurannte. In blinder Wut stürzte sie ihr nach und rammte ihr die Schulter in die Seite, dass Pia quer durch den Raum schoss.
Pia stolperte, fiel hin und schlug mit dem Kopf gegen einen Balken. Ein hohles Knacken war zu hören.
Pia blieb liegen und rührte sich nicht mehr.
«Die ist hinüber», sagte Aysche. «Die gibt garantiert nichts mehr zu.»
«Geschenkt», sagte Daniela verächtlich.

«Und jetzt?», fragte Sonja. «Was machen wir nun mit ihr?»

«Nichts», sagte Daniela. «Die geht uns nichts mehr an. Die gehört nicht mehr zu unserer Gang.»

Sonja ging noch einmal zu Pia hinüber. Sie stieß sie mit dem Fuß an. Aber Pia reagierte nicht.

«Hast du gehört, Pia? Du bist rausgeflogen. Und wehe, du sagst was!»

«Tut sie nicht», sagte Daniela. «Sie will doch nicht, dass es beim nächsten Mal noch schlimmer für sie wird. Los, kommt! Wir hauen ab.»

Bevor sie aufbrachen, sammelte Sonja noch Pias Sachen ein. Jeans, T-Shirt und Turnschuhe. Sogar den zerrissenen Slip zog sie Pia aus dem Mund.

Aysche sah ihr verwundert beim Einsammeln zu. «Was willst du denn damit?»

«Das nehmen wir alles mit», sagte Sonja. «Das ist ihre Strafe für meine Nase. Sieht man da eigentlich was?» Sie hielt Aysche ihr Gesicht zur Begutachtung hin.

«Genauso hässlich wie immer», sagte Aysche.

«Ist sie nicht schief oder so?»

«Nicht die Bohne.»

«Egal. Wir nehmen die Klamotten trotzdem mit.» Sonja kicherte. «Ich bin mal gespannt, wie sie splitternackt durch den Elbtunnel kommen will.»

siebzehn

Ganz hatte es die Gitarre immer noch nicht geschafft. Aber sie war ihrem Ziel ein gutes Stück näher gekommen. Sie war jetzt unten in der Tankstelle in den Personalspind eingeschlossen, den Elif benutzt hatte.

Als Manuel sich an diesem Abend vor dem Spiegel im Bad die Zähne putzte, fragte er sich, ob er sich da nicht doch auf einen faulen Kompromiss eingelassen hatte.

«Ich muss erst mit Mutti reden», hatte sein Vater gesagt. «Heute Abend oder morgen.»

Manuel lächelte sich zu. Na, jedenfalls hatte er jetzt einen Verbündeten. Das war mehr, als er zu hoffen gewagt hatte.

Es klopfte.

Er sah im Spiegel, wie hinter ihm die Tür aufging. Seine Mutter erschien.

Im ersten Moment glaubte er, dass sein Vater schon mit ihr geredet hatte. Aber es ging um etwas anderes.

«Telefon für dich», sagte seine Mutter.

Sein Vater war dran. Er rief aus der Tankstelle an. «Hier ist eine Frau Kurtz, die dich sprechen möchte.»

Manuel überlegte, ob das vielleicht eine Kundin war, deren Wagen er heute gereinigt hatte. Es war schon vorgekommen, dass Leute plötzlich behaupteten, aus ihrem Handschuhfach seien CDs verschwunden.

«Sie ist die Mutter von Pia», hörte er seinen Vater dann sagen. «Pia Kurtz. Sie geht in deine Klasse.»

Pia!

«Ich komme runter», sagte Manuel und legte auf.

Manuel hatte Pias Mutter nie zuvor gesehen. Doch er hätte sie sofort erkannt. Sie war Pia so ähnlich, dass sie ihre ältere Schwester hätte sein können. Nur dass sie zerbrechlicher wirkte als Pia. Aber das konnte auch an dem leichten grauen Sommermantel liegen, den sie trotz der Wärme trug. Er wirkte viel zu groß für sie. Sie ertrank fast darin.

Sie stand vor dem Zeitschriftenregal, blätterte nervös, aber ohne hinzublicken, in einem bunten TV-Magazin und legte die Zeitschrift sofort weg, als Manuel hereinkam. Offenbar hatte auch sie ihn sofort erkannt.

«Manuel?» Sie hatte eine leise Stimme, die jetzt gehetzt klang. «Ich weiß, ich sollte hier nicht so einfach hereinplatzen, es ist ja auch schon spät und du kennst Pia ja kaum, glaube ich. Aber sie hat gestern von dir erzählt, dass ihr zusammen irgendeine Aufgabe gelöst habt.» Sie zögerte plötzlich. «Oder gibt es noch einen zweiten Manuel in eurer Klasse?»

Manuel schüttelte stumm den Kopf. Er wartete.

Es stellte sich heraus, dass Pia nicht nach Hause gekommen war. «Sie wollte allerspätestens um 18 Uhr da sein», sagte ihre Mutter. Sie lächelte. «Nicht dass Pia sonst immer pünktlich ist. Aber ihr Vater hatte sich angekündigt. Sie hängt sehr an ihm, weißt du, und er ist nur alle paar Monate mal in Hamburg. Er lebt jetzt in Bayern. Aber Pia ist nicht gekommen. Bis jetzt nicht. Ich war schon bei ihren Freundinnen, bei Daniela und Sonja, aber sie wissen nicht, wo Pia sein könnte.»

Manuel bemerkte, dass sein Vater ein Stück von der Kasse herübergekommen war und sich kein Wort entgehen ließ.

Manuel überlegte. Aber ihm fiel wirklich niemand ein, bei dem Pia sein konnte.

Sein Vater kam noch näher. «Wenn du etwas weißt, dann sag es jetzt.»

«Aber ich weiß nichts», fuhr Manuel auf. «Ich kenn Pia doch kaum.»

«Dann ist ja gut», sagte sein Vater.

Pias Mutter hatte es eilig.

Als sie gegangen war, fing Manuel einen langen Blick von seinem Vater auf.
«Wenn ich was wüsste, hätte ich es doch gesagt», verteidigte Manuel sich.

Das Problem war, dass Manuel sich nicht sicher war, ob er wirklich nichts wusste. Als er Pias Mutter in ihrem langen grauen Mantel so hastig davongehen sah, war ihm eingefallen, was er von dem Gespräch der drei Mädchen heute Morgen in der Klasse aufgeschnappt hatte. «Heute Nachmittag», hatte Daniela gesagt, bevor sie dann so leise gesprochen hatte, dass Manuel nichts mehr hatte verstehen können.
Er hatte keine Ahnung, wovon die Mädchen geredet hatten. Aber er hatte den Eindruck gehabt, dass dieses «heute Nachmittag», was immer damit gemeint gewesen war, Pia mit eingeschlossen hatte. Warum hatten Daniela und Sonja dann Pias Mutter gegenüber behauptet, sie wüssten nicht, wo Pia sein könnte?
Irgendwas stimmte da nicht.
Manuel hatte eigentlich vorgehabt, in die Wohnung zurückzukehren. Aber er merkte, dass er jetzt nicht einfach ins Bett gehen konnte, während Pias Mutter weiter nach ihrer Tochter suchte.
Warum hatte er ihr eigentlich nicht angeboten mitzusuchen?
Er holte sein Fahrrad. Es war gerade noch hell genug, dass er ohne Licht fahren konnte. Er war schon auf der Reeperbahn, als ihm einfiel, dass er jetzt fast dasselbe machte wie Pia. Er haute einfach ab.
Er kehrte noch einmal um und ging in die Tankstelle. Er hatte ein bisschen Sorge, dass sein Vater ihm verbieten würde, so spät noch loszuziehen.
Aber sein Vater fragte nur: «Hast du dein Handy dabei?»
Manuel nickte.

«Gut. Melde dich hin und wieder mal. Falls sich hier irgendwas tut.»

«Mach ich», sagte Manuel. Meine Güte, hatte er einen Dusel mit diesem Vater.

Diesmal fuhr er nicht zur Reeperbahn hinunter, sondern in die entgegengesetzte Richtung, zum Hafen. Es machte ja keinen Sinn, wenn er in derselben Gegend suchte wie Pias Mutter. Aber wo sonst? Er wusste ja wirklich kaum etwas über Pia.

Mit Daniela war es ähnlich gewesen. Er hatte keine Ahnung gehabt, wer ihr Vater war. Dabei hatte er ihn oft genug im Fernsehen gesehen und manchmal sogar auf der Tankstelle. An dem einen Nachmittag mit Daniela hatte er eine ganze Menge über sie erfahren. Sie hatte ihm ihren Lieblingsplatz im Hafengelände gezeigt, und sie hatten zusammen dieses nach alten Gewürzen duftende Abbruchhaus gefunden.

Er kurvte auf den Landungsbrücken herum. Einmal sah er ein Liebespaar auf einer Bank. Das Mädchen hatte dieselben dünnen Haare wie Pia und denselben Blondton. Manuel fuhr zu den beiden hin. «Pia!», wollte er rufen. Da drehte das Mädchen den Kopf. Es war nicht Pia.

Manuel klapperte das Mädchencafé in der Eifflerstraße ab und danach die Skate-Anlage am Schulterblatt. Von dort machte er noch einen Abstecher zu den Inline-Skatern in den Wallanlagen. Aber da war schon seit 21 Uhr geschlossen.

Wo konnte Pia sonst noch sein?

Das Abbruchhaus im Hafen fiel ihm wieder ein.

Ob die Mädchen heute Morgen etwa von diesem leer stehenden Gebäude geredet hatten?

Quatsch, dachte Manuel. Daniela und Sonja waren doch auch längst wieder zu Hause. Pias Mutter hatte ja mit ihnen gesprochen.

Er fuhr trotzdem noch einmal zum Hafen zurück. An den Landungsbrücken war es jetzt gähnend leer. Aus einer Kneipe kamen zwei betrunkene Männer und hielten mitten auf der Straße ein Taxi an. Der Fahrer stoppte. Als die beiden auf ihn zutorkelten, gab er plötzlich wieder Gas. Klar, dachte Manuel, der will sich nicht schon wieder den Wagen voll kotzen lassen.

Auf dem Busparkplatz stand nur noch ein einzelner Bus. Im Vorbeifahren sah Manuel, dass er schwarze Nummernschilder hatte.

Manuel hatte keine Ahnung, ob der Alte Elbtunnel nachts überhaupt geöffnet war. Wenn ja, beschloss er, fahr ich auf die andere Elbseite rüber. Wenn nicht, suche ich hier weiter.

Der Mann mit der weißen Mütze war nicht da. Es warteten auch keine Autos vor den beiden Fahrstuhltoren.

Also nein, dachte Manuel.

Im selben Moment ging links von den Auto-Fahrstühlen eine Tür auf, und ein Mann mit einer Aktentasche unter dem Arm kam heraus. Er überquerte den Parkplatz, sah sich nach rechts und links um und lief dann zwischen zwei zu schnell fahrenden Autos über die Straße.

Manuel zog die schwere Tür auf. Klar, dahinter war der Personenlift. Manuel schob sein Fahrrad hinein und drückte auf den großen roten Knopf. Der Fahrstuhl setzte sich in Bewegung. Die beiden weiß schimmernden Tunnelröhren waren völlig leer. Manuel wurde ein bisschen unheimlich zu Mute. Er war ganz allein hier unten.

Er trat kräftig in die Pedale. Als er auf der anderen Hafenseite ankam, war er völlig durchgeschwitzt. Ein Windstoß fuhr ihm unters Hemd und er bekam eine Gänsehaut. Hier drüben war es kühler als auf der Stadtseite.

Die holprige Straße hinter der verlassen wirkenden Zollstation war nur von wenigen Funzeln beleuchtet und sie schien in eine menschenleere Einöde zu führen. Im Norden hellten die Lichter der Stadt den Himmel auf. Aber hier war es dunkel. Einladend sah das nicht gerade aus.

achtzehn

So, jetzt geht's mir besser.
Das war echt nicht mehr auszuhalten die letzten Tage. Ich war total durcheinander. Ich wusste überhaupt nicht mehr, was ich machen sollte. Dabei war mir Manuel echt schnurz gewesen. Den hatte ich gar nicht auf der Rechnung.
Ich weiß immer noch nicht genau, wie er dann plötzlich in meinen Kopf reingeraten ist. Wirklich wahr. Er ist irgendwie in meinen Kopf reingesickert und ich konnte ihn echt nicht wieder loswerden.
Bloß wegen dieser blöden Flasche Whisky. Ich mag gar keinen Whisky. Ich hab die Flasche ja auch nur aus Jux genommen.
Das ist doch alles nur ein Spiel.
Du kannst alles machen. Du musst nur aufpassen, dass du am Ende nicht den schwarzen Peter hast. Na ja, im Supermarkt hab ich wohl zu wenig aufgepasst.
Aber Glück brauchst du eben auch. «Das Glück ist mit den Tüchtigen», hat Mama immer gesagt. Komisch, früher hat sie das immer gesagt. Jetzt habe ich das schon lange nicht mehr von ihr gehört.
Bennos Spruch ist: «Du musst für alles bezahlen im Leben.»
Das wollte ich ja auch.
Und diese Lederjacke war doch völlig okay. Nagelneu war sie.
Wenn Manuel sich an die Spielregeln gehalten hätte, wäre das

Konto ausgeglichen gewesen und ich hätte ihn auf der Stelle wieder vergessen können.

Aber so blieb er weiter in meinem Kopf. Zuerst habe ich gedacht, der will mehr. Die Lederjacke reicht ihm nicht. Vielleicht will er mit dir vögeln oder so was. Ich weiß eigentlich gar nicht mehr genau, warum ich mit ihm zu Buddy Holly gefahren bin. Vielleicht wollte ich es schnell hinter mich bringen.

Dann sind zwei Sachen gleichzeitig passiert. Ich hab gemerkt, dass er wirklich nichts wollte, und ich hab mich in ihn verknallt.

Nicht sofort natürlich. So schnell geht das bei mir nicht. Ich weiß noch, dass ich da in diesem Gewürzschuppen überlegt hab, dass ich ihm mal die Haare schneiden muss. So kann er doch nicht rumlaufen. Und er braucht andere Klamotten.

Aber mit den Haaren soll er doch lieber zum Friseur gehen. Ich weiß schon, zu welchem. Da muss erst mal ein richtiger Schnitt rein. Später schneid ich sie ihm dann selber. Er hat nämlich eigentlich sehr schöne Haare. Er muss nur was draus machen. Ich hab mir das alles schon ganz genau überlegt.

Und dann funkt Pia mir dazwischen.

Einfach so.

Die tickt doch nicht richtig.

Erst will sie sich so sang- und klanglos aus der Gang davonschleichen, und dann versucht sie auch noch, mir Manuel wegzuschnappen. Aber jetzt hat diese Nutte ihre Quittung bekommen. So was macht die nicht wieder.

Ich war mir gar nicht sicher, ob Sonja und Aysche wirklich mitmachen würden. Obwohl, bei Sonja hab ich eigentlich schon damit gerechnet. Seit sie von ihrem Stiefvater missbraucht worden ist, ist sie so voller Wut, dass sie gar nicht oft genug zuschlagen kann. Ihr Stiefvater kam nachts manchmal in ihr Zimmer. Aber

sie hat es nur mir erzählt. Sie schämt sich, glaube ich. Jedenfalls will sie nicht, dass ich es weitertratsche. Tue ich auch nicht. Jetzt sowieso nicht mehr.
Aber bei Aysche war ich wirklich unsicher. Die erste Zeit, als Pia noch neu bei uns war, haben die beiden oft zusammengesteckt. Als ob sie einen eigenen Verein aufmachen wollten. Aber irgendwann hat sich das dann gegeben. Vielleicht hat Aysche ja auch gemerkt, dass Pia sich absetzen wollte. Im Grunde hat diese Nutte ja nie richtig zu uns gepasst. Die hat uns nur ausgenutzt. Sie kannte hier ja keinen. Da hat sie sich eben an uns rangehängt.
Bei Aysche bin ich mir sowieso nie ganz sicher. Zuerst denkst du, was ist das denn für ein Muttchen. Als ich mal einen Splitter im Finger hatte, hat sie gleich ein Riesentamtam gemacht. Als ob ich gleich abkratzen würde. Ich musste den Finger in Seifenwasser halten und dann hat sie mir den Splitter so vorsichtig mit einer Nadel herausgeholt, dass ich echt nichts gespürt habe.
Aber sie kann auch ganz anders sein. Vielleicht hängt das mit deren Kultur zusammen. Aysche jedenfalls kriegt massenhaft Prügel zu Hause. Deshalb darf sie so oft nicht mitturnen. Sie hat mir mal die Striemen gezeigt. Ihr Vater schlägt sie mit seinem Gürtel.
Aber die geilste Idee hatte Sonja vorhin.
Pia auch noch die Klamotten wegzunehmen. Jetzt kann diese Schlampe mal sehen, wie sie nach Hause kommt. Mit nacktem Arsch durch den Alten Elbtunnel. Echt geil! Aber sie hat ja selber Schuld. Sie hat nur bekommen, was sie verdient hat.
Bestimmt wartet sie, bis es stockdunkel ist.
Vorhin war sie jedenfalls noch nicht zu Hause. Ihre Mutter rennt überall rum und nervt die Leute. Zum Glück war Benno nicht da, als sie vorhin bei uns klingelte. Der wird immer so leicht miss-

trauisch. Der hätte sofort gerochen, dass ich da irgendwie mit drinhänge.
Aber Mam ist natürlich gleich dahingeschmolzen. Hat sich Sorgen um Pia gemacht. Ob man nicht sofort die Polizei verständigen müsse und so.
Gut, dass Pias Mutter gleich erzählt hat, dass sie auch schon bei Sonja war und dass die auch nichts wüssten. Sonst hätte ich womöglich noch das Falsche gesagt. Aber so brauchte ich nur ein erschrockenes Gesicht zu machen. «Das ist ja schrecklich! Nein, leider, ich weiß auch nicht, wo Pia sein könnte. Hat sie denn gar nicht gesagt, wo sie hinwollte?»
«Ach, sie erzählt ja fast nie mehr was, seit wir umgezogen sind», hat ihre Mutter geantwortet.
Na, super, hab ich gedacht, dann weißt du ja wirklich nichts.
Über unsere Gang, meine ich. Ich war nämlich nicht sicher, ob Pia wirklich immer die Klappe gehalten hat.
Von jetzt ab kann diese Nutte ja sowieso wieder alles erzählen. Nur dass da eben nicht mehr viel passiert in ihrem Leben. Bei uns ist sie jedenfalls raus.
Ich werde diese Schlampe einfach vergessen.
Ich muss mich jetzt erst mal um Manuel kümmern. Mal sehen, vielleicht krieg ich ihn ja schon morgen dazu, dass er zu diesem Friseur in Eppendorf geht. Alpha Eins in der Erikastraße. Da ist so ein Grieche. Michel heißt der komischerweise. Der ist echt Spitze.

neunzehn

Jetzt in der Nacht sah alles ganz anders aus als bei seiner Nachmittagstour mit Daniela. Auf dem großen Parkplatz gleich rechts standen nur zwei oder drei Autos. Vom Werftgelände von Blohm & Voss, das dahinter begann, drangen gedämpfte Geräusche herüber. Als ob jemand auf Metall schlug. Dicht vor ihm huschte ein Schatten durch das zittrige Licht seiner Fahrradlampe auf dem Kopfsteinpflaster, vielleicht eine Ratte.

Die Lampe funktionierte nicht mit einem Dynamo, sondern mit einer Batterie. Icky hatte sie mal bei Tchibo gekauft und sie Manuel zum Geburtstag geschenkt.

Er war höchstens fünf Minuten gefahren, als er schon das Gefühl hatte, völlig die Orientierung verloren zu haben. Wie sollte er hier jetzt das alte Lagerhaus ausfindig machen, in dem er mit Daniela gewesen war?

Er beschloss, einfach weiterzufahren.

Er war zweimal abgebogen, vielleicht auch dreimal, so genau wusste er das nicht mehr, und er war nicht sicher, ob er überhaupt noch zum Tunnel zurückfinden würde.

Vor ihm tauchte ein schiefes Straßenschild aus dem Dunst auf und er überlegte, ob er seinen Vater anrufen und seinen Standort durchgeben sollte. Aber er tat es dann doch nicht. Er wollte seinen Vater nicht unnötig beunruhigen. Aber es war ein verdammt gutes Gefühl, dass er das Handy dabeihatte.

Weit vor ihm bewegten sich zwei Scheinwerfer durch die Nacht. Sie kamen näher und waren plötzlich verschwunden. Wenig später hörte er, wie hinter ihm Bremsen quietschten. Er schaute sich um und sah ein Scheinwerferpaar auf seine Straße einbiegen. Vielleicht waren es auch dieselben Scheinwerfer. Der Fahrer des Lastwagens blendete auf, als er den einsamen Radfahrer entdeckte. Dann überholte er in einem weiten Bogen.

Manuel hielt sich ganz rechts. Erst als der Anhänger schon fast an ihm vorbei war, wagte er es für einen Moment den Blick von der holperigen Fahrbahn zu heben. Er hätte fast aufgeschrien vor Freude.

Die Scheinwerfer des Trucks waren genau auf das abgesperrte Tor gerichtet, durch das Daniela und er sich gezwängt hatten. Dahinter konnte Manuel für einen winzigen Augenblick die rote Fassade des Abbruchgebäudes erkennen, das er suchte. Dann war es wieder dunkel. Die stumpfen Rücklichter des Lastwagens entfernten sich holpernd.

Manuel lehnte sein Fahrrad an den Zaun, schloss es aber nicht ab.

Das Tor schepperte laut, als er sich durch den Spalt zwängte. Er blieb gebückt stehen und lauschte, ob sich irgendwo etwas rührte.

Nichts.

«Pia?», rief er halblaut.

Keine Antwort.

Er rief noch einmal, diesmal lauter. «Pia?»

Irgendwo flatterte ein aufgeschreckter Vogel auf, flog einen Halbkreis über Manuel und schoss in die Dunkelheit davon. Sonst tat sich nichts.

Vielleicht ist Pia längst zu Hause, dachte Manuel. Oder sie schläft bei einer Freundin, von der ihre Mutter nichts weiß. Oder sie hat einen Freund, bei dem sie über Nacht geblieben ist.

Er ging trotzdem weiter. Es dauerte eine Weile, bis er die Tür fand, durch die Daniela und er in das alte Gebäude eingedrungen waren. Einige Male stolperte er über herumliegende Balken oder Steine. Er schrammte sich die Hand auf, als er sich an der rauen Mauer abstützte. Einmal ging er zu Boden und stieß dabei einen leeren Blechbehälter um, der dann über den Beton kollerte.

Wieder kam es ihm so vor, als ob aufgeschreckte Tiere davonhuschten, diesmal über ihm. Staub und Dreck rieselten ihm ins Haar. Er hoffte nur, dass nicht plötzlich eine Ratte auf seinem Kopf landete. Er hatte Angst vor Ratten.

Er tastete sich knarrende Stufen hinauf. Jetzt musste er in dem Lagerraum sein. Irgendwo dort drüben lagen die alten Jutesäcke, die immer noch nach Pfeffer oder Nelken rochen.

Ein Geräusch ließ ihn zusammenfahren. Es klang wie ein Seufzen oder schwaches Wimmern.

«Pia?», fragte er wieder.

Er lauschte mit angehaltenem Atem.

Wenn er doch bloß eine Taschenlampe mitgenommen hätte! Es war so dunkel, dass er so gut wie nichts erkennen konnte.

Spinnweben wischten ihm übers Gesicht, als er sich langsam weitertastete. Mit dem rechten Fuß trat er auf etwas Nachgebendes. Manuel zuckte erschrocken zurück. Aber es war nur ein leerer Jutesack oder etwas anderes aus Stoff.

Wieder hörte er dieses leise Geräusch. Diesmal war es deutlicher. Es klang wie ein Stöhnen und es kam ganz aus der Nähe.

«Pia?»

Sein Fuß berührte wieder etwas Weiches. Jemand sog scharf den Atem ein und atmete mit einem leisen Wimmern wieder aus.

Manuel ging in die Hocke und streckte vorsichtig die Hände aus. Er berührte kühle Haut und etwas Feuchtes.

«Pia?», fragte er wieder.

Ein gurgelnder Laut war die Antwort.

Er traute sich nicht, Pia noch einmal anzufassen. Irgendetwas war mit ihr passiert, dass sie nicht sprechen und sich auch nicht bewegen konnte. Jede noch so winzige Berührung schien ihr heftige Schmerzen zu bereiten.

Er brauchte Licht.

Plötzlich konnte er ganz klar denken.

«Warte», sagte er. «Ich bin gleich wieder da.»

Er tastete sich zu den Stufen zurück, fand den Ausgang, rannte über den Hof zum Tor und zwängte sich durch den Spalt zwischen den beiden Flügeln. Hastig löste er den Frontstrahler vom Fahrradlenker. Dass er daran nicht früher gedacht hatte! Im Grunde war das Ding doch nichts anderes als eine Taschenlampe.

Er lief über den Hof zurück. Weil er nicht wusste, wie viel Saft die Batterie noch enthielt, schaltete er die Lampe erst ein, als er nur noch ein paar Schritte von Pia entfernt war.

Pia lag nackt auf den schmutzigen Holzbohlen. Auf ihrem Gesicht war verkrustetes Blut. Ihre Augen waren geschwollen. Auf ihren Oberarmen, ihrer Brust und ihrem Bauch sah er kleine runde rote und gelbliche Flecken, aus denen Flüssigkeit austrat.

Manuel stellte die Lampe auf den Boden. Er wollte Pia aufhelfen, aber sie schrie auf, als er sie an den Schultern berührte. Danach lag sie still da und atmete hechelnd. Manuel war nicht sicher, ob sie in Ohnmacht gefallen war.

Manuel griff nach seinem Handy. Er wollte seinen Vater anrufen.

Pia stöhnte wieder.

Manuel löschte die Ziffern wieder, die er schon eingegeben hatte. Er wählte die Nummer des Rettungsdienstes.

zwanzig

Gleichzeitig mit dem Rettungswagen kam die Polizei. Zwei Streifenwagen rasten mit Blaulicht aus verschiedenen Richtungen heran. Manuel war ihnen zum Tor entgegengegangen. Er gab mit seiner Fahrradlampe Lichtzeichen.

Die Polizisten sprangen als Erste aus den Fahrzeugen. Einer von ihnen, ein schon etwas älterer Mann mit einem dünnen Schnurrbart und grauen Haaren, kam mit einer Taschenlampe durch das Scheinwerferlicht auf Manuel zu und leuchtete ihm ins Gesicht.

«Haben Sie angerufen? Wo ist das Mädchen?»

Manuel blinzelte. «Aber ich hab nur den Rettungsdienst gerufen», sagte er, als ob das jetzt von Bedeutung gewesen wäre.

Der Polizist ignorierte die Bemerkung. «Ist sie in dem Gebäude dort?»

«Kommen Sie», rief Manuel. Während sie auf das Abbruchgebäude zuliefen, sah Manuel, wie ein Polizist das Tor aufbrach. Dann rollte der Rettungswagen auf das Gelände. Zwei Sanitäter sprangen heraus.

«Hierher!», rief der Polizist.

Zu viert drangen sie in das Gebäude ein. Pia hatte sich nicht gerührt. Die Sanitäter schoben Manuel beiseite und beugten sich über Pia.

Der ältere Polizist nahm Manuel am Arm und führte ihn wieder nach draußen. Er musste Manuel regelrecht hinter sich herziehen. Manuel wäre lieber bei Pia geblieben. Er wollte wissen, was mit ihr war.

Der Polizist blieb mit ihm draußen vor der Tür stehen. «Solche Notrufe gehen bei uns immer gleich mit über den Bildschirm», nahm er Manuels Bemerkung von vorhin wieder auf. «Meistens sind wir sogar früher am Tatort als die Sanis, weil unsere Wagen schon in der Gegend sind.»

Er übergab Manuel einem anderen Beamten, der ihn zu einem grünen Minibus brachte, der inzwischen gekommen war.
Manuel musste einsteigen und sich an einen Tisch setzen. Der Beamte folgte ihm in den Bus und begann, ihm Fragen zu stellen.
«Ausweis?»
Manuel schüttelte den Kopf. Er war noch ganz verwirrt. Er sah Pia vor sich, wie sie da auf dem Fußboden lag, splitternackt, mit diesen seltsamen runden Flecken auf der Haut.
Während er dem Polizisten seinen Namen und seine Adresse diktierte, sah er immer wieder nach draußen.
«Und das Mädchen?», fragte der Polizist. «Kennst du sie? Weißt du, wo sie wohnt? Wir müssen ihre Eltern benachrichtigen.»
Der letzte Satz erinnerte Manuel an Pias Mutter. Ob sie immer noch durch St. Pauli irrte und nach ihrer Tochter suchte?
Er nannte dem Polizisten Pias Namen. Aber wo sie wohnte, wusste er nicht, nur dass sie auf St. Pauli lebte.
«Das reicht sicher.» Der Beamte gab Manuels Angaben an seine Einsatzzentrale weiter. Er hatte kurz geschorene Haare und leicht abstehende Ohren. Ohne die Uniform hätte Manuel ihn für einen Skinhead gehalten, wenn er ihm zufällig auf der Straße begegnet wäre.
Die Sanitäter waren immer noch nicht mit Pia aus dem Gebäude gekommen. Schließlich hielt Manuel die Ungewissheit nicht mehr aus. «Warum bringen sie Pia nicht ins Krankenhaus?»
Der Mann zuckte die Achseln. «Vielleicht müssen sie sie erst stabilisieren.»
Es dauerte eine Ewigkeit, bis zwei weiß gekleidete Männer endlich die Trage aus dem Rettungswagen holten und damit im Gebäude verschwanden. Gleich darauf kamen sie zurück. Pia lag unter einer Decke. Sie rührte sich nicht. Neben ihr ging ein dritter Mann und leuchtete ihr mit einer Taschenlampe ins Gesicht.

Manuel wollte hinausstürzen. Aber der junge Polizist griff über den Tisch und fasste ihn am Arm.
«Da störst du bloß.»
Als der Rettungswagen abgefahren war, stieg der Polizist mit dem dünnen Schnurrbart zu ihnen in den Kleinbus. Er setzte sich Manuel gegenüber und zündete sich eine Zigarette an. Nach dem ersten Zug hielt er inne, sah auf die Glut und drückte die Zigarette im Aschenbecher aus. Er hatte dunkle Ringe unter den Augen und wirkte übernächtigt.
«Schädelbruch», sagte er plötzlich. «Von dem anderen gar nicht zu reden. Und sie haben sie einfach so liegen gelassen.»
Manuel schwieg. Er hätte gerne gefragt, ob Pia durchkommen würde. Aber er hielt lieber den Mund.
«Aber sie kann sich an nichts erinnern», sagte der Polizist.
Jetzt hielt Manuel es doch nicht mehr aus. «Haben Sie denn mit ihr gesprochen?»
«Höchstens eine halbe Minute. Dann hat sie wieder das Bewusstsein verloren. Sie kann sich an nichts erinnern. Sie weiß angeblich nicht einmal, wie sie hierher gekommen ist. Das Übliche. Schätze, sie hat Angst, dass ihr so was nochmal passiert. Du weißt natürlich auch nichts.» Er sah Manuel scharf an. «Oder?»
Manuel schwieg.
Sie hatten Pia einfach ihrem Schicksal überlassen. Es war ihnen ganz gleichgültig gewesen, was aus ihr wurde.
Er dachte an die Whiskyflasche im Supermarkt. Da hatte er Daniela geholfen. Aber dies war was anderes.
Ganz was anderes.
Der Polizist nickte resigniert. «Klar», brummte er, «immer schön raushalten.» Er schob die Wagentür auf und stieg mit eingezogenem Kopf aus dem Kleinbus.
Manuel biss sich wieder auf die Unterlippe.

Er wollte den Polizisten zurückrufen. Wollte alles sagen, was er wusste. Und was er ahnte.
Aber kein Wort kam über seine Lippen.

einundzwanzig

Am nächsten Morgen war Manuel nicht in der Schule. Sie hatten ihn stundenlang verhört, zuerst der Skinhead-Typ, dann ein Kriminalbeamter in einer schwarzen Lederjacke, der seine langen dunklen Haare hinten mit einem Gummiband zusammengebunden hatte und eine Zigarette nach der anderen rauchte.
Vor allem der Kripo-Mann hatte Manuel schwer zugesetzt. Immer wieder war er auf den entscheidenden Punkt zurückgekommen: Warum Manuel überhaupt zu dem Abbruchhaus im Hafen gefahren sei. Da fahre man doch nicht einfach so aufs Geradewohl hin. Und dann noch mitten in der Nacht.
«Du musst doch was gewusst haben.»
Aber Manuel hatte an die Worte des grauhaarigen Polizisten gedacht. Pia hatte geschwiegen. Sie wollte nicht, dass alles herauskam.
Dann halte ich auch den Mund, hatte Manuel beschlossen und stur behauptet, dass Pia ihm in der Schule mal von dem Abbruchhaus erzählt habe. Und das sei ihm eben eingefallen, als Pias Mutter auf der Tankstelle nach ihr gefragt habe.
Es war längst hell gewesen, als Manuel nach Hause gekommen war. Sein Vater hatte ihn aus dem Polizeipräsidium abgeholt.
Manuel hatte sehr unruhig geschlafen. Im Grunde hatte er das Gefühl gehabt, dass er die ganze Zeit wach lag. Zu viel ging ihm im Kopf herum.

Als er dann wirklich aufwachte, war es Mittag. Seine Mutter hatte ihm Essen warm gestellt. Aber er machte sich ein Müsli. Er hatte keine Lust, seinen Tag gleich mit dem Mittagessen zu beginnen.
Zur üblichen Zeit ging Manuel zur Tankstelle hinunter. Sein Vater stellte gerade etwas an der Diesel-Zapfsäule ein.
«Du hast heute frei», sagte er. «Das war eine lange Nacht für dich. Spiel ein bisschen Gitarre, wenn du willst.»
«Und was ist mit meinem Job?»
Dann kapierte Manuel.
«Du hast mit ihr geredet. Was hat Mama gesagt?»
Sein Vater grinste erleichtert. «Begeistert ist sie nicht gerade. Aber sie wird sich wohl dran gewöhnen. Das mit deinem Job ist für heute auch schon geregelt. Ich hab erstklassigen Ersatz für dich gefunden.»
Manuel ging gleich in den Personalraum und holte die Gitarre aus dem Spind. Als er auf den Waschplatz kam, wäre ihm der ramponierte Koffer beinahe aus der Hand gefallen.
Elifs pummelige Gestalt schob sich rückwärts aus einem schwarzen Audi heraus.
«Du?» Er starrte sie an. «Du bist zurückgekommen?»
Elif schüttelte entschieden den Kopf. Sie trug immer noch das Kopftuch. Aber sie wirkte irgendwie verändert.
«Nur für heute», sagte sie. «Dein Vater hat mich angerufen. Er hat gefragt, ob ich heute mal für dich einspringen könnte.»
«Ich hätte das schon geschafft», sagte Manuel.
«Ich weiß.»
«Aber du bist trotzdem gekommen.»
«Klar», sagte sie. «Das hättest du doch auch für mich getan, oder?»
Klar, dachte er und konnte den Blick nicht von Elifs Kopftuch wenden. Wie lange wollte sie das noch tragen?

Falsch. *Musste* sie das noch tragen?

Nichts war zu Ende. Es würde alles weitergehen. Vielleicht würde es sogar noch schlimmer werden.

Klar, hatte der Polizist auch noch gesagt, immer schön raushalten.

Aber was sollte er denn machen? Auf die Davidwache gehen und auspacken?

Scheiße, dachte er.

Scheiße, Scheiße, Scheiße.

Illustration: Julia Kaergel

rororo Rotfuchs

Zoran Drvenkar
Nominiert für den Deutschen Jugendliteratur Preis

Der Bruder
3-499-20958-6

Niemand so stark wie wir
3-499-20936-5
Berlin-Charlottenburg: das ist das Viertel von Zoran und seiner Clique. Da ist Adrian, sein bester Freund; Karim, der Sohn eines türkischen Gemüsehändlers, Sprudel, der Junge, der beschlossen hat, kein Sterbenswörtchen mehr zu reden; Terri, Zorans Freundin aus dem besseren Viertel, und all die anderen. Da ist aber auch die Türkenclique, die ihnen den geliebten Fußballplatz streitig machen will. In jenen Tagen und Wochen pulsiert ihr Leben voller Liebe und Streit, Freundschaft und Auseinandersetzungen, Träumen und Ängsten. – Oldenburger Kinder- und Jugendbuchpreis 1999.

Der Winter der Kinder oder Alissas Traum
3-499-21188-2

Im Regen stehen
Zoran Drvenkar erzählt von seiner jugoslawischen Heimat und den ersten Jahren in der kleinen Berliner Wohnung. «Ein packender Roman» (Süddeutsche Zeitung).

3-499-20993-4

B 47/1

**Alexa Hennig von Lange
Ich habe einfach Glück**

«Alexa Hennig von Lange – die Antwort der Literatur auf die Spice Girls.» Die Zeit

Arthur und Lelle sind auf der Suche nach Lelles Schwester Cotsch. Lelle ist fünfzehn, Cotsch siebzehn, und Lelles Vater hält Arthur für einen Stricher. Aber ihr Papa kennt sich mit den Menschen nicht besonders aus: mit Arthur nicht und schon gar nicht mit Cotsch. Ihren Brief, in dem sie ihm mal richtig die Meinung sagt, hat er ungeöffnet weggelegt. «Papa hat mein Leben zerstört», erklärt Cotsch. Und jetzt ist sie weg ...

Alexa Hennig von Langes dritter Roman ist eine abenteuerliche Geschichte über das Erwachsenwerden, traurig und fröhlich – und manchmal auch schockierend.

Bereits mit ihrem Debüt «Relax» (rororo 22494) sorgte die in Berlin lebende Autorin für Aufsehen – sowohl in der literarischen Szene als auch bei ihrem jugendlichen Publikum, die gleichermaßen von dem ungeschminkten Stil wie den zeitgemäßen Themen der 1973 geborenen Alexa Hennig von Lange begeistert waren.

«Ich habe einfach Glück» wurde mit dem Deutschen Jugendliteratur Preis 2002 ausgezeichnet.

3-499-21249-8

B 56/2

Foto: Michael Nischke/Bavaria

rororo Rotfuchs

Spannende Bücher zu jungen Lebenswelten in unserer Zeit

**Frederik Hetmann/
Harald Tondern
Die Nacht, die kein Ende nahm**
In der Gewalt von Skins
3-499-20747-8

**Anatol Feid/Natascha Wegner
Trotzdem hab ich meine Träume**
*Die Geschichte von einer,
die leben will*
3-499-20552-1

**Heide Hassenmüller
Gute Nacht, Zuckerpüppchen**
3-499-20614-5

**Frauke Kühn
Das Mädchen am Fenster**
3-499-21167-X

**Margret Steenfatt
Hass im Herzen**
Im Sog der Gang
3-499-20648-X

**Harald Tondern
Wehe, du sagst was!**
Die Mädchengang von St. Pauli
3-499-20995-0

**Ann Ladiges
«Hau ab, du Flasche!»**
Immer häufiger greift Roland zur Flasche, wenn es Probleme gibt. Lange merken die Eltern nicht, wie abhängig er ist. Bis zu dem Tag, als er den Ring seiner Mutter versetzt. Kann Roland sich jetzt noch selber «aufs Trockene» retten?

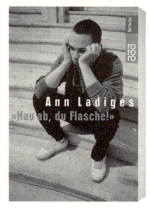

3-499-20178-X